講談社文庫

天空の翼　地上の星

中村ふみ

講談社

目次

天空の翼 地上の星《てんくうのつばさ ちじょうのほし》

登場人物

イラスト／六七質

那《な》兪《ゆ》

天令。天の意思を地上にもたらす御使《みつか》い。飛牙の胸に眠る「王玉《おうぎょく》」を取り返しにきた。

飛《ひ》牙《が》

徐《じょ》の元王太子。当時の名は寿白《じゅはく》。長い放浪生活ですっかりやさぐれてしまった。

蘭《らん》曜《よう》
祖父と暮らす王都の町娘。飛牙たちと親しくなる。
亘《こう》覧《けん》
庚《こう》の王太子。聡明《そうめい》で無垢《むく》。裏雲になついている。
裏《り》雲《うん》
庚の宦官《かんがん》。切れ者として名高い。何やら秘密を抱えている。

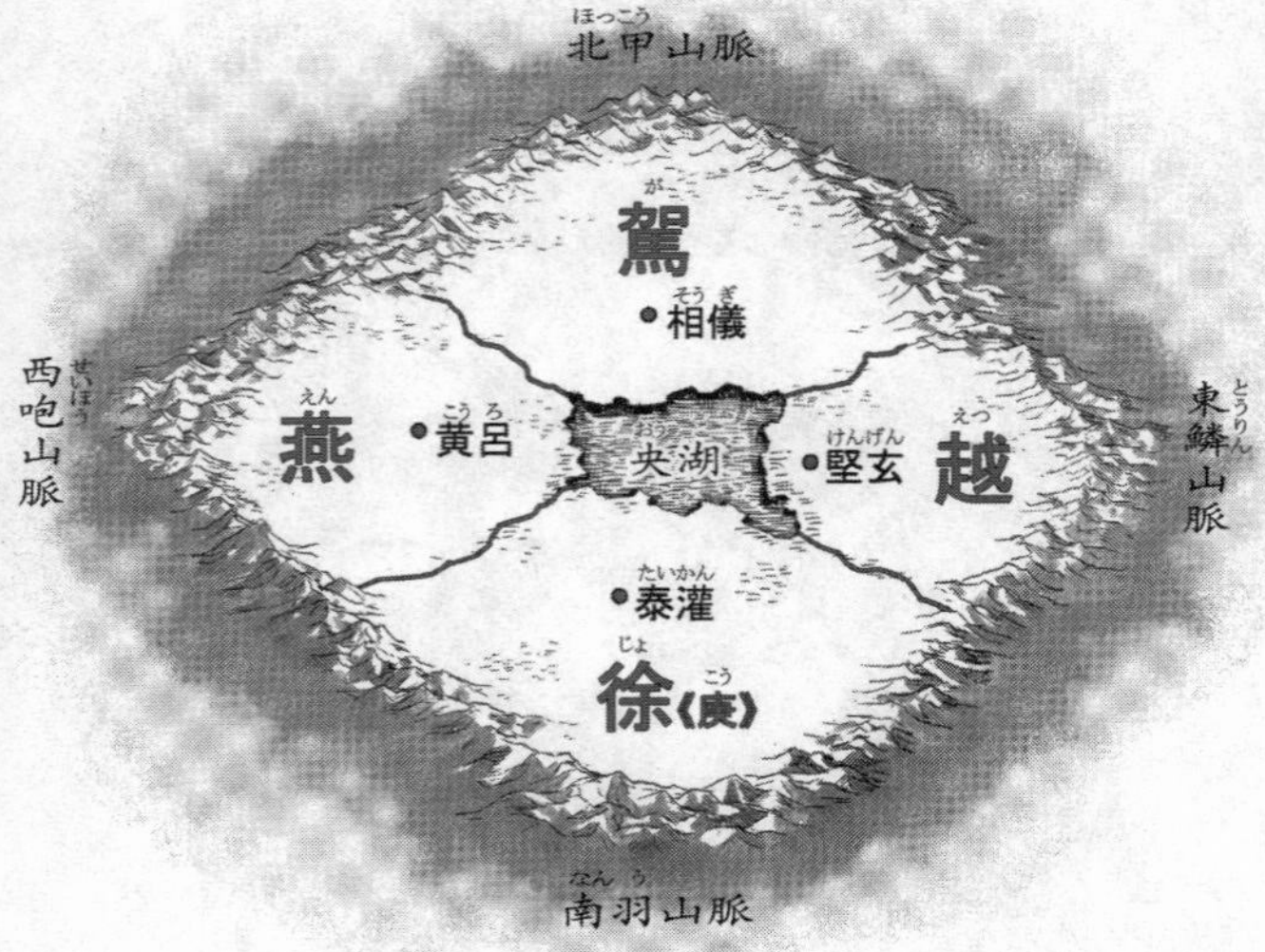

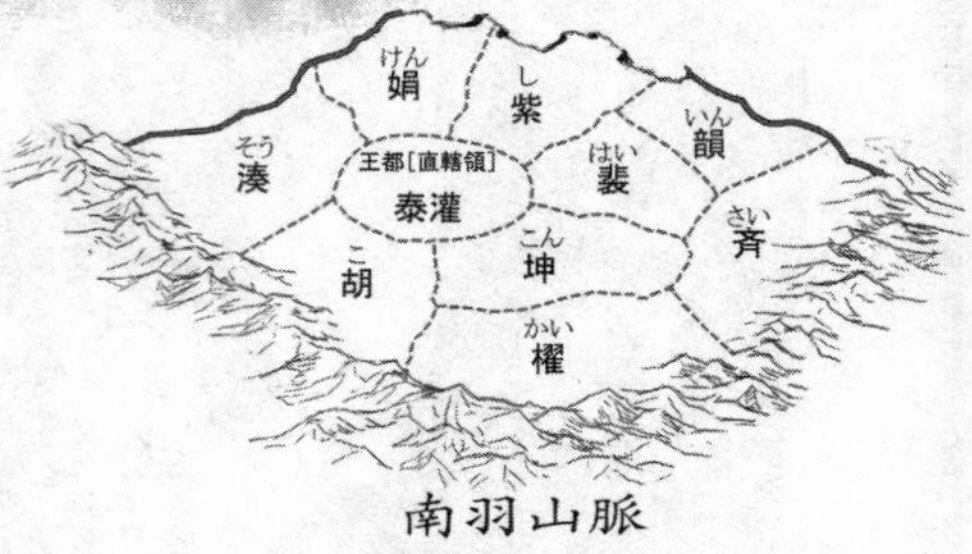

地図作成・
イラストレーション／六七質《むなしち》

天空の翼　地上の星

序章

四つの大山脈に囲まれた広大な地には、幾つもの川が血管のごとくに流れていた。肥沃《ひよく》な平野と乾いた砂漠、緑の山々。そこには海以外のすべての自然があった。

元は一つの国で、いつしか十八にも割れ、その荒廃ぶりに天の加護も失いかけた。

天に認められた四人の傑物がそれぞれ王になり、その証《あかし》として玉《ぎょく》を授かった。

武を誇った男は東の地に、呪術《じゅじゅつ》を極めた女は西の地に、獣を操る男は南の地に、そして未知なる者が北の地に。東西南北に四つの王国が建てられた――それがこの地に語り継がれる建国神話だった。

そして三百余年。

天にとっては瞬きほどの時でも、人にとっては長く、一国の柱が腐り崩壊するに充分な歳月だった。

今ここに倒れようとしている国があった。

その名は徐《じょ》。南の王国である。

天下《てんげ》三百三年、二の月。

奇《く》しくもこの日は始祖王となった蔡仲均《さいちゅうきん》が崩御した日であった。国が一日喪に服す日に、狙《ねら》い澄ましたように恐れを知らぬ逆賊が押し寄せてきたのだ。

始まりは去年の飢饉《ききん》であった。

大勢の餓死者を出し、一揆《いっき》にまで至った。ついには飢骨《きこつ》が現れ、村を襲ったという。

人は飢えて死ぬと飢骨になる。腐肉のついた巨大な骸骨《がいこつ》の姿をした、人を喰《く》らう魔物だ。生きた人間などを喰うことでしか飢餓の苦痛を和らげることができない憐《あわ》れな魂の集合体である。山間の村だったため、軍の投入が遅れ、幼子に至るまで喰らいつくされた。

その飢骨を倒したと自ら吹聴《ふいちょう》したのが山賊の頭領石宜《せきぎ》であった。実際、飢骨は喰うだけ喰って満足すればあとは消滅する。石宜は目の前でそれを確認したに過ぎなかったが、民は英雄を求めるもの。石宜の名は一躍国を駆け巡った。それに反して徐王の評判は地に堕《お》ちた。

そこからは怒濤《どとう》の勢いであった。

解放軍を名乗った石宜の一団は打倒徐王朝を掲げた。都を包囲するかのような形で各地に反逆の狼煙《のろし》が上がった。

膨れあがった反乱の徒は都へと快進撃を続けていた。あと一日ともたず、王城の門は破られてしまうだろう。すでに籠城《ろうじょう》の支度はできているが、命運は尽きている。まもなく砂埃《すなぼこり》をたてて騎馬が押し寄せてくるだろう。獣のごとき雄叫《おたけ》びが街に轟《とどろ》き、築き上げた景観を踏みにじっていくのだ。

整然とした王都の美しさは天下四国《てんげしこく》随一とも言われた。学術の都とも謳《うた》われ、隣国からの留学生も少なくない。その分、軍事力には問題があったと言わざるをえない。この惨状はまさしく軍備をおろそかにしたツケでもあった。

「北旗《ほっき》の関所が突破されました」

「伝令、賊軍東北より千騎。東より七百騎」

次々と絶望的な報《しら》せが届くにつけ、閣議の間は重い沈黙に覆われる。三百年続いた王朝の終焉《しゅうえん》に立ち会うなど誰が思っただろうか。天より授かった国なのだ。だが、天は徐を守る気はないらしい。山賊上がりの男が率いる賊軍は美しくも緩みきった王国を蹂躙《じゅうりん》し、畏《おそ》れ多《おお》くも易姓革命を叫んでいる。

もはや救いはない。

ここに至り、徐王許毘《きょび》はようやく立ち上がった。

「これより我が子寿白《じゆはく》に譲位する」

居並ぶ官吏は唖然《あぜん》とした。この期《ご》に及んで王太子に王位を譲ってどうなるというのか。

「今更なにゆえそのような」

「王太子は年少にございます」

凡庸な王が常軌を逸したのかと思うのも無理からぬことであった。

「これより即位の儀を行う。天令《てんれい》に祈りを捧《ささ》げる」

第十五代徐王が初めて見せた有無を言わせぬ強い宣言であった。

「陛下、何をお考えですか」

「私は国の安寧を願うだけで、何一つ成すことはできなかった」

政策はすべて官吏に任せ、嘘《うそ》で塗り固められた都合のよい報告だけを聞かされ満足していたのだ。

「……そのようなことは」

慰めはいらぬと王は首を振った。

陛下の王国です。民は飢えを知らず、皆幸せに暮らしておりますとも——徐王はその言葉を疑いもしなかった。その結果が今日《こんにち》の事態を引き起こした。

「私に何か一つでも功績があるとすれば、寿白という子を授かったことだけだ。我が子寿白に賭《か》けるのだ。才気溢《あふ》れる寿白であれば、王玉を宿せるやもしれぬ。それが叶《かな》ってても叶わなくとも、精鋭とともに王都より脱出させる。叔母上が嫁いだ越《えつ》に身を寄せるのだ」

王としての務めより書画などを嗜《たしな》むことを好み、生まれてこの方政治的な賭けなど何一つしたことはなかったであろう王の言葉に、皆は息を呑《の》んだ。

確かに王太子寿白は聡明《そうめい》で人を惹《ひ》きつける魅力のある子供だった。幼いながら虫や鳥を操る。この獣心掌握の術は徐国きっての英雄と謳われた六代王滋紹《じりょ》も習得していたと言われている。もちろん寿白はまだ六代王の域には達していないが、成人になる頃には翼仙《よくせん》に劣らぬ術師となるのではないかと老師が太鼓判を押すほどだった。そのためかねて寿白ならば王玉を宿すこともできるのではないかと期待されていたのである。

「天窓堂《てんそうどう》に寿白と后《きさき》を呼べ。他の者は寿白が脱出するための支度を」

なすすべもなく死か捕縛かを待つだけだった王宮が、俄《にわか》に慌ただしくなった。

城内の一角に佇《たたず》むように天窓堂はあった。

平時であれば堂守が管理し、祈りを捧げるだけの場所であった。ここには建国の際、天が授けたとする玉が大切に飾られていた。仄《ほの》かに朱色を帯びた斑紋《はんもん》が浮かぶ美しい玉であった。

金剛石のように硬く赤ん坊の頭ほどの大きさだが、真の王なればこれを体内に納めることができるという。

もっともそれを成し遂げたのは始祖王と六代王だけだった。今となっては伝説のようなもので、実際にそんなことができるとは官吏や宦官《かんがん》ですら誰も思っていなかった。

「こんな大きな玉がどうやって人に宿るというのか」

「迎玉《げいぎょく》などお伽噺《とぎばなし》であろうに」

宦官たちは囁《ささや》きながら譲位と迎玉の儀式の準備をする。

「堂守殿は信じておられるのか」

尋ねられ、白髪の老人が顔を上げた。

「私も迎玉に立ち会えたことはございませぬ。ですが……天令は間違いなく存在します」

四十五年天窓堂を守り続けた堂守は断言した。

「なんと」

「天から降りてくるというのですか」

堂守は肯《うなず》いた。

「即位の儀の前に必ず天令をお呼びするのです。天令が天に代わり王に玉を授ける。王が天に認められるほどの徳を持っていたなら玉は自然に吸い込まれるといいます。そこに至らずとも、天令は精進せよとおっしゃいます。これにより、新王は天に認められたことになります。これが天下四国の正式な即位なのです」

その身に迎え入れることができなかったときは、朱雀《すざく》玉は天窓堂に飾られ、王を見守ることになる。ほとんどの場合がそれだった。

「もし、寿白様が迎玉できたなら、この目でその瞬間を見ることができたなら……もはや思い残すことはござらぬ。城と運命を共にしましょうぞ」

堂の真ん中に玉台を置く。白檀《びゃくだん》に緻密《ちみつ》な細工を施された台は、天令を迎えるためだけにある。

堂守は祭壇に置かれていた玉に深く頭《こうべ》を垂れ、柔らかな絹でくるむ。大切に大切に、玉台に玉を置いた。

たちまち天井の小窓から光が走り、玉を照らした。その様はあまりに荘厳で宦官たちも息を呑む。

「これは……！」

「天令をお招きする光道にございます」

玉と天が繋《つな》がったのだ。懐疑的だった者たちも玉になんらかの力があることを認めざるをえない。

「寿白殿下がお見えになりました」

声がして天窓堂の扉が開かれた。

鮮やかな朝服を身につけた男の子が早足で向かってくる。そのあとに王と王后《おうごう》も続いていた。

この子供は名を寿白といい、徐王許毘のただ一人の子であった。

「何故《なぜ》神儀など行うのですか」

寿白が父親を振り返った。

「今はそんなときではないはずです。私に弓と剣を貸してください。賊軍と戦ってみせます。たとえこの命が尽きても、国を守ります。私は徐の王太子です！」

十一の子供とは思えない覚悟を見せた。強い意志を持った聡明な眼差《まなざ》しはこれほどの断末魔にあっても一縷《いちる》の希望を感じさせる。

「よく聞け、寿白よ。城はまもなく落ちる。すべては私の徳が足らなかったためだ。不甲斐《ふがい》ない父を許してくれ。だが、おまえは違う。落ち延びてくれ」

「嫌です。どうして父上や母上、皆を残して私だけが逃げられるでしょうか。私にも王太子としての誇りがあります」

「見よ」

王は天窓堂の真ん中で煌《きら》めく光の柱を指さした。

「天令がおまえを待っている。その身に玉を迎え入れることができるやもしれぬ。できなくともまずは玉を持って都を出るのだ――天令よ、我は王太子寿白に譲位する」

「天令……？」

寿白は堂に入り、光に近づいた。少年に呼応するように、光の中に淡く人が浮かび上がってきた。十三、四の少年だろうか。ゆらめいて透けている。

「あなたが天令なのですか」

寿白は光の前に行き、平伏した。

「どうか、どうか。国をお救いください。天のご威光にて慈悲を」

光の少年は首を横に振った。

「天は人の世に関わらぬ」

寿白には確かに天令の声が聞こえたが、周囲の者には聞こえていない。その姿もおぼろげで、寿白以外の者には辛《かろ》うじて人の形が認識できる程度であった。

「何故です。天が与えてくださった王国ではありませんか」

「人の世は人が創るものゆえ」

そう言われてしまえば、未《いま》だ子供の寿白には反論できない。

「お急ぎを。殿下、お立ちください。玉を迎えるお気持ちを」

過去二度この迎玉に立ち会った堂守が告げる。

「ならば天令よ。その玉を私に」

天は手を貸してはくれない。だが玉を宿せば反乱軍など蹴散《けち》らせる。その力を得る。寿白はそう思ったのかもしれない。天令は憐れむような目をした。

「迎え入れよ」

王太子はしっかりと目を開き、玉を見据えた。玉が揺れ始め、宙に浮かび上がる。集まった者たちは息を呑んだ。

中でも許毘王は一番驚いていたのかもしれない。彼のときには玉はぴくりともしなかったのだ。所詮《しょせん》伝承ですよと慰められたものだ。

それが今、朱色の斑紋を持つ玉は王太子の胸元まで上がってきた。

「私の中に入れ」

寿白は玉に命じた。

玉は光になって寿白を貫いた。その場に立ち会った者たちは目を見開き、王后は小さな悲鳴を上げた。

寿白は両手で胸を押さえ、じっと天令を見つめた。これが真の迎玉なのかと問いかける瞳《ひとみ》であった。寿白の瞳が朱色に染まって、まもなく元に戻る。

「天の一部を得た王よ。その誉れ、しかと受け止め精進せよ」

少年の顔をした天令がかすかに微笑《ほほえ》んだようにも見えた。天令は消え、天窓からは本来の陽光が差し込んでいた。

「寿白様は玉を得て真の徐王になられた。迎玉は叶いましたぞ！」

堂守が涙を流して叫んだ。その場で歓声があがる。

「奴《やつ》らに新王と玉を渡してはならぬ。趙《ちょう》将軍は寿白様をお守りし、すぐに城を離れてくだされ。我らは少しでも時を稼ぐ」

「おおっ」

力強い声がいくつも重なった。

寿白こそ、滅び行く国の希望であった。

そこから先は時間との戦いとなった。

なんとしても寿白を逃がさなければならない。趙将軍と精鋭二十人が寿白を守り、城を抜けることになった。

城には城下へと続く地下通路がある。倉庫に隠し扉があり、そこから二里にも及ぶ抜け道があった。めったに使われることがない道は穴のように真っ暗で、黴臭《かびくさ》い。趙将軍は部下と荷物を順次下ろしていった。

見送る母后は泣いていた。これが愛息との今生の別れとなる。

「どうか……どうか生きて」

「母上も一緒に」

寿白は懸命に涙を堪《こら》えていた。少年にとってこれほどの悲しみはなかった。

「わたくしは足手《あしで》纏《まと》いになるだけです。あなたに玉が宿ったのは紛れもなく天の意志。なすべきことがあります」

正王后《せいおうごう》、黄《おう》夫人は我が子の頬《ほお》を撫《な》でた。後宮には百を超える妃《きさき》と女官がいたが、王がもっとも愛し、唯一の男児を産んだのは王后である。徐の宝石と謳われた美貌《びぼう》は今も変わらない。

「さあ、連れていきなさい。将軍、寿白を頼みます」

「誓ってお守りいたします──殿下、いえ寿白陛下、参りましょう」

将軍がそっと少年の背中を押した。

「母上……！」

少年は最後に母に抱きついた。

「必ず戻ってきます。そしてこの地を治めます」

二度と母と子がこんな辛い別れをしなくてもいい国に。

殺し合わずに済む国に。

少年王の胸は高潔な理想で溢れていた。王玉に選ばれた自分ならば、それができると信じた。

「殿下、あとは任せてくれていい。私が敵を足止めしてみせる」

そう言ったのは寿白の一つ上の少年だった。趙劉基《りゆうき》将軍の息子、悧諒《りりよう》である。影武者となるために寿白の着物を着ていた。

「……悧諒」

自分の身代わりになるということは、自分の代わりに死ぬということだ。それがわかるだけに寿白は辛かった。悧諒は兄であり親友でもあった。幼い頃から共に武術の鍛錬を重ね、国の未来を語り合った。

「悧諒……頼んだぞ」

父である趙将軍も断腸の思いであっただろう。

「では参りましょう。一刻の猶予もありませぬ」

「わかった」

これ以上は未練だ。寿白は地下道へ続く階段を降りた。

真っ暗な道を松明《たいまつ》の明かりが照らす。それでも先はほとんど見えない。幼き王の行く末を暗示するかのように行けども行けども闇《やみ》が続くばかり。

ようやく地上に出た。とある商家の倉の中のようだった。そこには官吏や兵が待っており、すぐに商隊に身をやつす。

賊軍は南の正門を目指す。自らが正規軍であることを示すためだ。それから城を包囲し降伏を呼びかけるだろう。

降伏には応じない。少年王を逃がすために徹底抗戦するのだ。いったいどれほどの血が流れるのか。

それを思うと、小さな胸が締め付けられた。

下働きの子供の着物を着せられ、寿白は馬車に乗せられた。白菜の塩漬けの樽《たる》に囲まれ、都を離れる。

都はぐるりと巨大な壁に囲まれている。寿白たちが東門から抜ければ完全に都は封鎖される手筈《てはず》になっていた。あとはまっすぐに東へ向かい、荘厘峠《そうりんとうげ》の要塞《ようさい》を目指す。

馬車の幌《ほろ》をめくり、少年は最後に都を見た。あとひと月もすれば桃の花の季節だ。その美しさは異国の詩人も謳うほどだった。歴代の王が都を桃源郷にしたいと植えていったという。

その美しい眺めをいつかもう一度見たい。

馬車が東門を抜けた。帰ってくることができたとしても、もう父母には会えない。両膝《りょうひざ》に顔をうずめ、少年王は堪えきれずに泣いた。

この翌日、第十五代徐王とその正王后は毒杯を呷《あお》り自害した。これにより三百余年の栄華を誇った徐王国は滅亡した。

反乱軍の首魁《しゅかい》石宜は名を石嵩徳《せきすうとく》と改め、国名を庚《こう》とし、朱雀玉を持たないまま始祖王の座につく。

同時に王玉奪還、寿白討伐の命が下った。

第一章　再会

一

天下《てんげ》四国《しこく》——天の代理人が治める四つの王国のことを指す。

東に武人の国〈越《えつ》〉あり。西に女王国の〈燕《えん》〉あり。南に王朝交代の混乱が抜けきらぬ国〈庚《こう》〉あり。北に閉ざす国〈駕《が》〉あり。

この四つの国を囲むように四つの険しい山脈が連なっており、異境との行き来は難しい。もちろんそれでもいくらかの往来はある、命を懸《か》ける覚悟さえあれば。

四つの大山脈は天が与えた自然の要塞《ようさい》なのだ。

四国南部の庚国、さらにその南を塞《ふさ》ぐ南羽《なんう》山脈の麓《ふもと》一帯は太府《たいふ》林隆高《りんりゅうこう》が治める櫂郡《かいぐん》である。辺境ではあるが、異境からの商人が最初に訪れる地でもあり、その郡都小櫂《しょうかい》では雑多で異国情緒豊かな街並みが広がる。

商いは盛んで頭に長い布を巻いた異国の商人が闊歩《かっぽ》し、珍しい特産品も売られ、街は賑《にぎ》わっていた。とはいえ庚国自体は王朝交代からの混乱が続いている。徐《じょ》の時代を懐かしむような風潮には徹底的な言論弾圧が加えられ、官吏らによる贈収賄も横行していた。

王朝交代から十年。その間に二度の飢饉《ききん》と大地震、大洪水にも見舞われている。そろそろ人々の口の端《は》にも上ってきた。

——簒奪《さんだつ》者の王を天は認めていない、と。

「……戻ってきたのはいいけどよ」

客の少ない酒場で飛牙《ひが》は酒を呷《あお》り呟《つぶや》いた。腰に曲刀を下げ、日に焼けた顔をしているが、異境の人間ではない。

雑踏の中で掏《す》った財布はほとんど空だった。手持ちといえば異境の金がいくばくか。

「路銀もねえし、どうすっかな」

人もまばらな酒場だ。こんなぼやきなど誰も聞いていないと思っていた。険しい山を越えている途中は自分の声だけが友だったせいもある。その癖が抜けきらない。

「なら奢《おご》らせてもらえるかしら」

ねっとりした女の声に男は顔を上げた。目の前に艶《あで》やかな美女が立っているではないか。若くはない。ひらひらと揺れる袖《そで》からは白い腕が透けて見える。身につけた装束からして富裕商人の妻といったところか。

「ありがとさん。座ってくれよ、姐《ねえ》さん」

飛牙は飛びきりの笑顔で迎えた。自慢の見てくれは今夜もこうして大いに役に立ってくれる。女は向かいに座った。

「いい男ね」

「そりゃどうも。べっぴんに言われると嬉《うれ》しいねえ」

「もしかして山越えしてきたの？」

身につけた物からそう判断したようだ。

「まあな」

「逞《たくま》しいのね」

じっくりと品定めされているらしい。肉厚の唇を舌がなぞる。

「賑わっていていい街だな」

「そうでもないわ。太府が無能だから」

ここの太府の評判は聞いていた。庚王の雛形《ひながた》のような男で、気に入らない部下や町人にひどい処刑をしたりと、いささか残虐な嗜好《しこう》の持ち主らしい。街外れに首がぶら下がっていたのもそういうことだろう。

「姐さん、そんなこと口にしていいのかい」

「わたしは大丈夫なのよ」

女はこともなげに笑った。

「庚になってからのこの国はどうなんだ」

「そうね、殺伐としてるわ。ほんとは一揆《いっき》がいくつか起きているのよ。でも、鎮圧どころか皆殺しで隠蔽《いんぺい》。そりゃあ徐の頃だって腐敗してるところは多かったわよ。でも、文化的で洗練されたところもあったじゃない。政策の失敗はあっても、それを個人の裁量でなんとかできる粋な官吏もいたものよ。ところが下品な山賊が王様になってからはそれすらないの。徳を失ったとして、隣国の越や燕からも格下に思われ始めてるんじゃないかしらね。よくないわ」

女は意外にも見識の高いことを語った。

確かに四つの国の均衡は重要だ。どこかが落ちれば混乱と付け入る隙《すき》が生まれ、戦《いくさ》に傾きかねない。ただし他国も必ずしも安定しているわけではなさそうだ。北の駕国に至っては国を固く閉ざし、その情報すら入ってこない。だからこそ尚更《なおさら》危険な状況だとも言える。

「そんな有り様か」

飛牙は酒が入った器を爪《つめ》ではじいた。

「ここだけの話、今の王朝には玉《ぎょく》がないのよ。隠しているけどね。荒れるのも無理はないってことね」

さすがに声を潜めた。

「姐さん詳しいんだな」

「まあね。玉なんてホラ話だと思ってたけど、この状況を見る限り国にとってなくてはならないものだったのかもしれないわねえ」

女は強い酒をくいと呷った。

「……なるほどな」

飛牙は頬杖《ほおづえ》をついて考え込んだ。

「あら、憂い顔も素敵ね」

「そりゃ憂い顔にもなるさ。なあ姐さん、俺路銀がねえんだ。よかったらこれ、買ってくれないか」

飛牙は懐から光り輝く首飾りを取り出した。

「南異境の王妃もお気に入り。純金に金剛石を鏤《ちりば》めた最高の一品だ」

実際は二束三文の代物だ。だが、大山脈を越えてくれば庶民の痰壺《たんつぼ》だって異境の香り漂う至高の珍品となる。

「ふうん、素敵ね」

女は首飾りを手に取った。裕福な人妻だろう。たいした代物ではないことは察しているのではないか。

「銀十枚、あとは今夜もう少し付き合ってくれるかしら。場所を変えて」

おっと、お誘いも受けたようだ。金額は少々不満だが、南異境の土産物屋からイカサマ博打《ばくち》で巻き上げた物だ。贅沢《ぜいたく》は言えない。

「交渉成立」

「ふふ。なら行きましょう」

戻ってくることに不安があった飛牙も、幸先《さいさき》の良さに気をよくした。

飛牙と女は連れだって酒場を出た。連れてこられた部屋は安宿ではなかった。寝台は上等の樫《かし》で、寝具も皺《しわ》一つない。高台にあり、さらに眺めの良《い》い二階の部屋だった。

「ここは街が一望できるな」

色街の提灯《ちょうちん》が連なっているのが見える。丸々とした月が夜の街を照らしていた。

都はどんなだろうか。

桃の花はもう咲いているだろうか。

「こっちへ来て」

寝そべった女が手招きする。

うっかり感傷的になりそうになったが、気を引き締めた。ここから先は淋《さび》しいお客様への奉仕。これも仕事の一環みたいなもの。

(人肌は久しぶりだな)

柔らかな女の頰に手を添えた。

「姐さんの亭主は心が広いのかい」

「全然。自分はやりたい放題のくせに、わたしが男と口をきくだけで大騒ぎよ。太った蛭《ひる》みたいな男。もう触れられたくもないわ」

それを聞いてぞっとした。

「そりゃやばいな」

「大丈夫だって。もう、興醒《きょうざ》めすること訊《き》かないで」

女は銀十枚を紙に包むと飛牙の懐にいれた。亭主はちょっとばかり怖いが、女と金の感触はいい。

「……ねえ早く」

要望に応えるべく押し倒そうとしたとき、凄《すさ》まじい勢いで扉が蹴破《けやぶ》られた。

「いたぞ、男を捕まえろ」

殺気立った五人の兵が剣を構えて飛び込んできた。

（なんで、兵が）

そんなことを考えている場合ではない。飛牙は女を兵たちの方に突き飛ばすと、躊《ちゅう》躇《ちょ》することなく、二階の窓から飛び降りた。

けっこうな高さがあったが、この程度の修羅場は日常茶飯事だ。逃げ切れる自信はあった。外に出ると、あとは全力で走った。色街の方に逃げ込む。追っ手は思っていた以上に多い。たかが女房の浮気に兵まで動かすとは驚きだ。情事を疑って女房を尾行させていたのかもしれない。

妓《ぎ》院《いん》が軒を連ねる通りを駆け抜ける。飛牙と兵の追っかけっこを妓《ぎ》女《じょ》たちが楽しそうに眺めていた。

色街に潜伏していると見せかけ、そこを離れる。途中、妓院の客の着物を盗んでおいた。逃亡のための着替えだった。あとはまた宵闇《よいやみ》に隠れひたすら走る。

郊外に出て、川縁《かわべり》の雑木林で倒れ込む。疲れ切っていたが、体を休めるだけにとどめた。

雇われたゴロツキではなく兵が出たということは、亭主がよほど大物だったのか。もう少し警戒するべきだった。

「……まいったな」

幸先がいいと思ったらこれだ。六年ぶりに戻ってきた故国はやはり甘くない。ろくなことにならないとわかっていたが、胸がざわめいてどうにもならなかった。何かにかられたといってもいい。

飛牙は木の幹に体をもたせかけた。見上げれば月は西に沈みかけていた。どこで見る月も同じ。だが、ここは追われても恋い焦がれた大地。幸せなこともたくさんあったはずだが、思い出すのは別れの場面ばかりだった。別れの数だけなら百歳の老人にも負ける気がしなかった。

足に上ってきた蠍《さそり》に気付く。

「刺さないでくれよ。離れな」

蠍に言って聞かす。納得したように毒虫は飛牙から離れていった。先祖は獣を意のままに操ったというが、飛牙ができるのはほんの一時言うことをきいてもらうだけだ。

月明かりの空を巨大な鳥が飛んでいた。よく見れば、それは鳥ではなく人であった。

（……翼仙《よくせん》か）

翼を持つ仙人だ。珍しいものを見た。

修行を経て天に近い境地に達した者だけがなれるという。半ば伝説の存在だが、彼らは確かにいるのだ。ただ人の世とは距離を置くと聞く。

飛んでみたいな……そんなことをぼんやり思いながら目を閉じて朝を待った。

東の空が白み始めて、飛牙はゆっくりと立ち上がった。曲刀は布で包み、着替えを済ませる。前の着物は深い緑色。これは黒だ。目くらましくらいにはなる。このまま北に向かい、都を目指す。こんなところで捕まっているわけにはいかない。

木々を抜け、街道に出た。辺りを見渡すが、特に変わった様子はない。追っ手が諦《あきら》めてくれたのであればいいが。

着物は替えた。こちらの顔を知っているのは最初に部屋に飛び込んできた連中くらいだろう。下手に山林を駆け回るより、公道を歩いたほうが危険は少ないと判断した。

しかし、いかなる策も無駄だった。

どこに行っても大勢の兵がうろついていた。道という道を塞ぐ、郡都小櫂から出さないための人海戦術は確実に間男を追い詰めた。

「生かして捕らえよ！」

挟み撃ちにあった飛牙は一か八《ばち》か突破しようと考えていたが、敵のこの言い様にとりあえず大人しく捕まるほうを選んだ。生きていれば逃げる機会はある。

「林太府の令夫人に狼藉《ろうぜき》を働いた罪により、召し捕る」

飛牙は天を仰いだ。あの女は太府の女房だったのか。ここの太府はかなりの悪名だ。女房までが太った蛭と罵《ののし》るほどに。

間男を生かしてはおかないだろう。

二

過酷な〈取り調べ〉を終え、飛牙は牢《ろう》に投げ込まれた。

石造りの床に転がって体を丸くした。全身の痛みがひどい。なにしろ吊《つ》るされて、棒で散々殴られたのだ。肋骨《ろっこつ》の二、三本折れても不思議ではなかったが、幸い深手は免れたようだ。

まだ何もしていない、したとしてもお互いが同意の上での行為だと言ってはみたものの、そんなことはどうでもよかったのだろう。罪状は最初から決まっているのだ。

（間違いなく死罪）

今頃、太府はどんな残虐な処刑方法にするかで頭をひねっているに違いない。

「痛え……くそ」

しくじった。さすがにこれは逃げられそうにない。顔に手をあてる。大きな傷はないようだが、この先色男ぶりを活用できる機会がまた来る気はしなかった。それほどに絶望的な状況だ。

おまけに南異境から持ってきた安物の宝飾品も奪われてしまった。あれでまだいくらかイカサマ商売ができただろうに。

(ついてねえ)

鉄格子のはまった小さな窓から欠け始めた月が見えた。思わず体を起こす。

「蝶《ちょう》……?」

月を背負った小さな影が現れた。見たこともない綺麗《きれい》な羽が煌《きら》めいていた。羽の形からして蝶だとは思ったが、微妙に違うような気はする。

蝶らしきものは呼んでもいないのに窓辺から離れ、死刑囚に向かって飛んできた。

「……お迎え?」

拷問されているときどこか頭を打ったのか。それで幻覚を見ているのだろうか。処刑されるよりここで死んだほうが確かに楽かもしれない。

蝶もどきは高速で回転し、飛牙の顎《あご》を蹴《け》り上げた。小さいながらなかなかの威力で、飛牙は舌を嚙《か》みそうになった。

「なんなんだよっおま――」

蝶は淡い光を放った。抗議の叫びは途中で止められる。掌《てのひら》で口を押さえられたのだ。

「騒ぐな、見張りに気付かれる」

見れば目の前にいたのは蝶もどきではなく、歳《とし》の頃十三、四の普通の少年だった。

厳密には普通ではない。この国でこれほど見事な銀髪を見たことはない。

飛牙がこくりと肯《うなず》くと、少年は手を離した。

「おまえ……天令《てんれい》か」

この無表情で悟りきったような顔には見覚えがあった。

「覚えていたのか」

「そりゃ変わってねえし」

少年は心底失望したように溜《た》め息《いき》を吐《つ》く。

「そなたは変わりすぎだ――徐王寿白《じゆはく》」

しばらく沈黙があった。飛牙はがりがりと頭を掻《か》く。

「そうだな」

「あの眉目《びもく》秀麗で輝きを放っていた王太子が、ここまで落ちぶれるか」

少年の姿でかなりきついことを言ってくる。確かに間男で処刑寸前なのだからこれ以上はない醜態だろう。

「王とか王子ってのは潰《つぶ》しがきかねえんだよ」

国と担いでくれる民があってのものだ。

「いかに国を失ったとはいえ、詐欺師で男娼《だんしょう》とは何事だ。こんな奴《やつ》に玉を授けたのかと思うと情けなくて憤死しそうだ」

銀色の髪をした少年は怒りで唇を震わせていた。天令にとっても真の迎玉《げいぎょく》はめったにないことだ。貴重な思い出を穢《けが》したくはなかっただろう。

「いや待て、別に春は売ってないぞ。男娼ではない、たぶん」

そこだけは否定しておく。この天令は何しに現れたのであろうか。迎玉以来、どんなに祈っても姿を見せてくれたことはなかったというのに。

「間男なら同じようなものだろうが」

「そっちのほうも未遂で冤罪《えんざい》だ――で、なんだよ、罵倒《ばとう》しに来たのか」

首を横に振る。長い銀色の髪が揺れた。

「玉を返してもらいたい」

少年は人差し指で飛牙の胸を押した。

「おまえが俺にくれたんだろ」

「あれは天の意志だ」

「天に人を見る目がなかったわけだ」

「無礼者が」

人の世に関わらないとあれほど言っていた少年もさすがにかっとなったか、腰の剣に手をかけた。

「へえ、むかついたのか。だったらばっさり斬《き》って持っていきな。どうせ処刑されるんだし、今ここでおまえに殺されても同じことだ」

「天令は人の世に関わってはいけない。人がそなたを殺すなら仕方のないことだ」

「天の決まりだかなんだか知らねえが、人の世じゃあそういうの見殺しって言うんだよ。だったら処刑されるのを待てばいいだろ」

天令は眉間《みけん》に皺を寄せた。

「それではここの太府に玉を奪われてしまう。庚は天命で築かれた王朝ではないゆえ、一度天に玉をお返ししてそのうえでご判断を仰ぐ」

確かにここの太府なんぞに玉を持っていかれるのは飛牙としても悔しい。

「じゃあ俺にどうしろってんだよ」

「玉は本人の強い意志と天令さえいれば回収可能だ。そなたは黙って玉をお返しいたします、と心から念じていればいい」

それを聞いて飛牙はにんまりと笑った。

「へえ、俺次第なわけだ。どうしようかなあ」

天令が不快感を見せた。これはいけるかもしれない。なにしろこっちは処刑待ちで失うものがこれっぽっちもない。何も黙って殺されたり、玉を返してやったりする義理はなかった。天に何かしてもらったことなどないのだから。

「返さないつもりか」

「条件がある。俺をここから生きて逃がすことができたなら、玉でもなんでも喜んで返上しよう。どうだい、天令様」

こういう足下を見る交渉は慣れたものだった。相手が真面目《まじめ》な奴ほどうまくいく。天令の銀色の髪が下から風を孕《はら》んだように軽く逆立った。

「介入はできないと言っているだろう。自力で逃げることだ」

「なら交渉決裂。俺、むごたらしく処刑されて死ぬわ」

飛牙と天令は睨《にら》み合《あ》った。

「……あんなに素晴らしい王太子だったのに」

「そんなに素晴らしかったんなら助けてやればよかっただろ。世間知らずの餓鬼がどんな思いして生きてきたと思ってんだ、てめえ」

子供の頃の話をされるのは飛牙にとって一番辛いことだった。みっともない泣き言など言いたくもなかったが、思わず口をついて出ていた。

「だからっ、それは天の不文律であって」

さすがの天令も苛立《いらだ》ちを隠せなくなってきたようだった。

「そうかい、でもな、俺にも俺の不文律があるんだよ。どこまで落ちぶれても、俺は

みっともなくあがく。覚えておけ」

「天に逆らうのか」

ふんと鼻を鳴らしてやった。

「ああ……逆らうんだよ。疲れてんだ。俺、寝るわ。どうするかは処刑までに決めろ。帰って上司と話し合ってきな」

飛牙は横になると、天令に背中を向けた。今はこれ以上話す気はないという意思表示に他ならなかった。

天令が蝶になって去っていく気配を感じながら、飛牙は息を吐いた。期待外れの王は生きていてはいけなかったのだ。


亡国の王に苦悩があるように、天令にも困惑はあった。

天令とは天の使い。自らの意志で動く存在ではない。ゆえにそこに悩む余地はないはずであった。

だが、那兪《なゆ》はすっかり考え込んでいた。処刑されようとしている男に玉を返して死ねと言ったのだ。

「……いくらなんでも冷酷すぎる」

天命に忠実に従っただけとはいえ、嫌な気分だった。

寿白が異境から戻ってきてようやく玉を取り返す機会を得た。玉の気を追い、この街に降臨したが、見るに堪えないその姿には情けないやら腹立たしいやら。人間相手に言い争いをしてしまうのだから、自分はまだまだ天令としては青いのかもしれない。

那兪は誇らしかったものだ。天令でも立ち会えないことのほうが多い真の迎玉だった。あの幼さで寿白は天に認められた。愛らしくも凜々《りり》しい顔立ちは将来の輝きを約束されているかのようだった。周囲の愛情を一身に受け、眩《まぶ》しいほどまっすぐに育ったあの子供こそ珠玉の存在だった。

天令は人の子に肩入れしてはならない。それでもこの子ならいずれ逆賊の手から王国を取り戻すのではないかと期待したものだ。抱いてはならない特別な思い入れだった。

あとのことは人の問題。以後はしばらく他の仕事についていた。もちろん気にはなっていた。王国奪還の話は聞けず、それどころか新王朝〈庚〉では悪政が敷かれていると漏れ聞いた。

寿白はどうしたのか。

あの特別な子供は。

そうしているうちに朱雀《すざく》玉を回収するよう命じられた。だが、玉の気を追うことはできなかった。寿白が山脈を越え異境に入ってしまったからだ。

ひどく落胆した。勝手な話だが、裏切られた気すらした。

この件、天より自ら判断せよと言われている。天令は自分で決めることがなにより苦手な存在だ。だが、決めなければならない。

寿白との取引に応じ、理を曲げるのか。それはつまり寿白を見殺しにするということだ。その結果玉は得られる。それとも、玉を一時的に諦め、理を守るのか。

そもそも救い出すなどできるのだろうか。

天令とはいえ決して万能ではなく、できることとできないことがある。とはいえ他の天令の助けは借りられない。

はっきり言って、玉より理を優先させたほうが楽なのだ。どちらが正しいかわからないなら楽なほうを選んでもよいのではないか。

獄塔のてっぺんに腰をおろし、あれこれと思案していたが、思い立って那兪は姿を蝶に変えた。

まずは太府・林隆高が寿白をどうするつもりなのか確かめておこうと考えた。実際はたかが間男だ。処刑までは考えていないかもしれない。きっと櫂郡を追放されるくらいで済むはずだ。それなら万事つつがなく玉を回収できる。

月下、天令は太府公邸まで飛んだ。

外見は蝶だが、飛行速度は鳥とさほど変わらない。たいした時間もかからず目的地に着いた。二階の灯が見える部屋に狙《ねら》いを定め、わずかに開けられていた窓から侵入した。害虫と間違われうっかり駆除されないように気をつける。室内は少しばかりけばけばしかった。ここが太府の執務室らしい。

「しかし、閣下。裁きもなしに処刑というのは」

下級官吏らしき男が恐る恐る進言していた。

「黙らんか。儂《わし》が法だ」

太った男が怒鳴った。これが太府の隆高だろう。赤地に金銀の刺繡《ししゆう》という恐ろしく派手な着物を着ていた。

「これ以上、民に恐怖を与えるのはおやめください。奥方様の名誉にも関わることですし、ここは一つ百叩《ひやくたた》きのうえ追放ということでいかがでしょうか」

食い下がった官吏に太府は烈火のごとく怒った。

「貴様の意見など訊いておらぬわ。誰ぞ、この者を引っ立て首を刎《は》ねい」

扉が開いて二人の兵が入ってきた。恐怖で声も出せない憐《あわ》れな官吏を両側から押さえつけ、部屋から連れ出した。この事態に残った官吏が震え上がる。

(これはまた……とんでもない男だ)

ほんの少し諌《いさ》めただけの官吏を斬首《ざんしゅ》にするとは常軌を逸している。窓の隅に留まり様子を見ていた那侖は心底呆《あき》れていた。

「で……では処刑の日程と方法ですが、四日後 磔《はりつけ》 ということでは」

もう一人の官吏はうわずった声を出した。

「温《ぬる》い。もっと苦しめて殺さねば気が済まぬわ」

「それでは……車裂きに」

「この前と同じではつまらぬだろうが」

目眩《めまい》がしてきた。これだから人間は嫌いだ。未熟で残酷で……天はもっと介入してもよいのではないだろうか。上に立つ者がこの狂気では民が憐れだった。

車裂き以上のひどい処刑などそうそう思いつくものではない。同僚の二の舞は御免だろう、官吏は必死に頭を働かせているようだった。

「飢えた虎《とら》に喰《く》わせるというのは……？」

「おお、それは面白い。好《よ》い余興じゃ」

怒りがふつふつと湧《わ》いてきた。寿白は那侖にとってこの世で唯一無二の存在だ。こんな奴らの慰みに殺されてよいはずがない。

「ただ虎を生け捕るのには時間がかかります」

「どれほどだ」

「罠《わな》を張ることになります。一日で捕らえられるときもあれば、一月たっても駄目なこともありまして」

「それでは遅い。どこかから調達できぬか」

「はっ、やってみます」

恐怖の打ち合わせを終え、官吏は部屋を出た。

那俞も窓から出ていく。夜風がひどく冷たく感じた。

三

『徐には問題が多いけれど、殿下が治めれば国は変わる。私はそれが楽しみなんだ。もちろんこの未来の大将軍がついている。一緒に国を繁栄させよう』

悧諒《りりょう》はよくそう言っていた。

二人で夢見た徐国の未来は明るかった。子供の戯《ざ》れ言《ごと》とはいえ真摯《しんし》な気持ちに偽りはなかった。拷問による傷よりもなによりも、そんな美しい思い出こそが飛牙を苦しめる。

それでも戻ってきたからには覚悟を決め、最後まで抗《あらが》わなければならない。あの天令はおそらく助けには来ない。一人でじたばたするまでだ。

幸い体を縛めるものはない。飛牙はそのときを待った。

死ぬと玉は自然に胸からこぼれ落ちると聞いている。そのくだりは真の迎玉を得た始祖王の伝記に残っている。始祖王は五十のとき内乱の鎮圧に赴き戦死されたということだ。もう一人の真の迎玉の王は六代目。こちらは老いて動けなくなったとき、天令を呼び玉を返した。つまり譲位だ。

処刑されれば玉は一旦《いったん》林隆高が手に入れることになる。おそらく見ればそれが朱雀玉であることは気付くだろう。奴が手に入れた玉を庚の始祖王に献上するかどうか。その玉を使い、我こそが王であると兵を挙げるかもしれない。そうなればまた戦乱だ。

玉を迎え入れたときは誇らしかったが、実際、争いの元にもなる厄介な代物なのだ。飛牙が天下四国を離れたのはそのためでもある。

つまりことここに至っては天令に返すのが筋だ。だが、清廉で素直な王太子は十年ですっかり薄汚れひねくれてしまった。天に祝福された綺麗な子供はとっくに死んだのだ。

「メシだ」

来た。狙っていた看守が食事を運んできたのだ。処刑まで死なれては困るらしく、日に二食は必ず提供される。捕まって三日目。飛牙は鍵《かぎ》を持つ看守が食事を運んでくるのを待っていた。

柵《さく》は木製で格子状になっており、食事は下から差し入れられる。

「腹減ったな」

「今日のメシは美味《うま》いと思うぞ」

「へえ、ありがとさん」

そんな会話をかわしながら格子に近づく。こんなところでも適当に愛想はいい。これも培った処世術だった。

「まだ寒いよな、夜勤もあるし、この仕事も大変だろ」

労《ねぎら》いの言葉をかける。

「まあな、給金も安いし。だから逃げようなんて考えないでくれよ」

「こんなところに入れられて逃げられるわけねえって。なあ、襟んとこ少し破けてるぞ」

「どこだ？」

「ほらそこ」

油断させたところで近づいた看守を羽交い締めにした。

「なっ」

「わりいな」

激しく抵抗する男にかまわず、ぐいと腕に力を入れ、後ろから腕で首を絞め上げた。もちろん殺す気はない。気を失わせただけで、あとは手を伸ばして看守から鍵束を奪う。

鍵束の中から一発で牢の鍵を当て、飛牙はなんなく外に出た。問題はここから先だ。獄塔を抜け、構内を抜け、追っ手をまいて郡都を離れるとなると途方もない運が必要になりそうだ。

飛牙は倒れた看守から短槍《たんそう》を奪うと、らせん状の階段を降りていった。途中の階にいた囚人たちを逃がせば混乱して逃げやすくなるだろうとは思ったが、やめておいた。本物の極悪人を野に放つ可能性がある。

塔を降りていくとき見つかった看守を三人倒した。短槍を逆さに持って使い、一応流血沙汰《ざた》は避けておいた。兵も看守も仕事に過ぎない。

当然のことだが、看守の着物を奪い着替えた。これで無駄に戦わずに済むといいのだが、楽観はしていない。なんとかなるさとよく言うが、飛牙の人生においてなんとかなった例《ためし》はない。

それでもただ殺されるよりはましだろうと思って動くだけだった。実際は無抵抗で処刑されるほうが痛い思いが少ない分ましなのだろう。それでもじっとしていられないのは、氏素性のわりに貧乏性だからかもしれない。

敷地《しきち》の中に獄塔はいくつかある。徐国の伝統的な建造物で、階が上の者ほど罪が重い。飛牙は最上階だった。間男ではなく太府夫人襲撃犯ということになっているのだろう。おかげさまで眺めは良かった。窓から郡都を一望して逃走経路は考えていたが、まずはここから出ることだ。警備の関係だろう、柵に囲まれ出入り口は一つしかない。そこまで行ったらあとは駆け抜けるだけだ。

飛牙はまっすぐに出口に向かった。特に不審に思われてはいない。いけそうだと思った。そのときだった。

「囚人が逃げたっ、誰も外に出すな」

怒鳴り声が響いた。

「そいつだ」

「その男を逃がしたら我々全員ただでは済まんぞ、生かしたまま捕まえろ」

たちまち見つかった。

飛牙は短槍を振り回し、警備兵のうち数人を倒した。走るが、柵は高く逃げられそうにもない。包囲網は円形に狭まってくる。

「来るんじゃねえ」

飛びかかってきた兵を捕まえ、飛牙はその首筋に刃先を向けた。

「戸を開けろ。出ていくだけだ。俺も血は見たくねえ」

震える兵は飛牙よりも若い。恐怖で変な声が出ていた。

飛牙を取り囲む兵は緊張して動かない。どうしたものかと指示を待っているようだった。ようやく一人年配の男が前に出てくる。

「おまえを逃がせば我々は皆処刑される。下手をすれば家族まで殺される。太府様はそういうお方だ。それくらいなら我らは一人を犠牲にするしかない」

飛牙は天を仰いだ。抜けるような青空が自由へと誘《いざな》う。だが、もうここまでだった。人を殺したくないなどという綺麗事《きれいごと》などもとよりない。襲われればいくらでも殺してきた。それでも自分が逃げれば何十人殺されるかわからないと言われてまで、守る価値がこの命にあるとも思えなかった。

「……騒いじまって悪かったな」

飛牙は短槍を捨てた。

再び牢に戻された。

痛めつけられたうえに手鎖《てじょう》までかけられたのだから、骨折り損のくたびれもうけとはこのことだ。冷たい床の上に転がり、飛牙は唇の血を拭《ぬぐ》った。

「……天令、玉返すから来い」

そう呟いてみても天令は現れなかった。

「天令様……お返しいたす。どうかお姿をお見せください」

丁寧に言ってみても駄目だった。あの蝶々はすっかり臍《へそ》を曲げたのかもしれない。

「無視すんな、返すって言ってんだろ、ちっこいの」

罵倒混じりでも天令はやってこない。よくよく嫌われたか、天へ帰ったか。

「おい、何をぶつぶつ言っている」

看守に怒られた。当然のことだが、以前より監視が厳しくなっている。

「痛いって呻《うめ》いてたんだよ」

「おまえのせいで皆殺しになるところだった。殴られて当たり前だ」

看守は忌々しげに舌打ちした。

「ここの太府ってのはそんなにおっかねえのか」

「前の王様を倒したとき、王宮で千人の首を刎ねたってのが自慢らしい。ずいぶんひどいことをしたと聞く」

ギリと奥歯を嚙んだ。生気が消えかけていた飛牙の双眸《そうぼう》に怒りの火が灯《とも》る。

「こんな辺境の太府じゃ自分の武功に見合わないと思っているんだろうな。この地の人間を憎んでいるんだよ」

王都直轄領と接していない三つの郡は辺境と呼ばれる。櫂郡もその一つだった。

「今の王様は何もしないのか」

山賊上がりとはいえ、それなりに志はあったはずだ。

「後宮の女に骨抜きにされているらしいな」

看守は鼻で笑った。死刑囚に愚痴をこぼすくらいだから、忍耐も限界にきているのかもしれない。

「……おまえも寝ろ。頼むからもう変なこと考えるな」

疲れたように椅子《いす》に腰掛け、看守はそれっきり黙った。

仕方がないので飛牙は心の中で天令に祈りを捧《ささ》げることにした。いつもは体内で何の存在感もない玉がやけに重く感じた。

(おーい天令様、いらねえよ、こんなもん。返してやっから出てこいっての)

胸の内で叫んでみる。ここまでの話を聞いたからには、林隆高にだけは奪われたくなかった。王に不満があるなら悪用することも大いにあり得る。それくらいならまだ天に返したほうがいい。

王宮で千人殺した……もちろん大袈裟《おおげさ》なホラ話だ。

それでも林隆高が反乱軍にいて大勢殺したのは間違いない。命乞《いのちご》いをする女子供も手にかけただろう。あの美しかった庭も血で染まったのだ。屍《しかばね》は積み上げられ——目の奥がかっと熱くなった。おそらく瞳《ひとみ》が炎を思わせる色に変わっている。朱雀玉を迎え入れてから、良くも悪くも気持ちが高ぶるとこうなる。うっかり看守に見られないように目蓋《まぶた》を閉じた。

（落ち着け……）

刺し違えることができるなら本望だが、死刑囚にそんな機会があるとも思えない。ならば天令を呼ぶしかなかった。

天令様、お大尽様、神の僕《しもべ》様、可愛《かわい》いお坊ちゃん――出てこいクソガキ！

どんなに胸の奥底で叫んでも、銀色の髪の少年は現れなかった。

四

朝、処刑を告げられた。捕まってから七日目のことだった。

処刑方法は刑場に引き立てられてからのお楽しみらしい。看守らの憐れみの視線から察するに相当ひどいものだろう。

獄塔から出され、牛車に乗せられた。両手の長い鎖はそのままだ。同じ牛車に兵が三人乗る警戒ぶりだった。街中を引き回ししないのも警戒してのことだろう。飛牙はのんびりと街を眺めていた。

「おまえは胆《きも》が据わっているな」

兵に囁《ささや》かれた。

「そうでもねえさ」

「逃げないでくれよ」

「わかってら。おまえらが人質なんだろ」

大人しく処刑されないと不特定多数の赤の他人が殺される。なんとも馬鹿《ばか》な話だ。それでも元王様としては無辜《むこ》の民を死なせるのは忍びなかった。

(って……今更格好付けても仕方ねえんだけどよ)

飛牙が連れていかれたのは円形の競技場のような施設だった。客席が円を囲む形で、すでに人が集まっている。処刑のために観客まで入れたらしい。

「……あれか」

正面の特等席にでっぷりと太った男が座っていた。その隣には銀十枚で安物の首飾りと甘い夜を買った女がいた。太府ご夫妻そろって処刑見物とは驚きだ。ただご機嫌な亭主と違って女房のほうは俯《うつむ》いていた。さしずめ浮気を問わない代わりに処刑に立ち会うことを強要されたのだろう。

飛牙は円の真ん中に引き立てられて、ぽつんと置き去りにされた。車裂きでも磔でもないようだ。とくに処刑のための環境があるようにも見えなかった。

銅鑼《どら》が鳴らされ、晴天に響いた。世にもおぞましい見世物が始まる。

北側の扉が開き、ずいぶんと大きな虎が入った檻が運ばれてきた。四方八方から歓声が地鳴りのように響き渡る。

(そんなに処刑が楽しいのかよ)

どうやら虎に喰わせようという腹らしい。よくもまあそこまで悪趣味な処刑を思いつくものだ。

(だが、これで勝機が見えた)

虎のような大型動物となると簡単にはいかない。耳元で囁くくらいはしなければならないが、果たしてそれほどの体力が残っているかどうか。

「……俺、美味くないぞ」

足に鎖をつけなかったのは、せいぜい見苦しく逃げ回らせるためだったようだ。

再び銅鑼が鳴った。同時に外側から縄が引っ張られ、檻が開けられていく。そろそろと虎が出てきた。この日のために空腹にさせていたのではないか。

「やめろ。筋肉質で硬いからまずいって」

語りかけてみた。虎はゆっくりと近づいてくる。その目は飛牙をとらえていた。嚙《か》み殺《ころ》される前に後ろに回ることができればなんとかなるかもしれないが、痛めつけられた体は思うように動かなかった。

――乗れ。

声が聞こえた気がした。虎のよだれに触れそうなほど顔が近づいてくる。

「……あ？」

虎の頭に蝶が留まっている。あの天令の化身だった。

飛牙の顔が一気に破顔する。痛む足でだっと跳ねると虎の背に飛び乗った。

観客がどよめく。死刑囚が果敢にも獣に戦いを挑んだように見えただろう。念のため弓兵も待機しているが、まだ動く気配はない。

――このまま、助走をつけて観客席に跳び混乱させてから、街を出て山に逃げ込むのだ、よいな。

蝶の姿のときは声ではなく、思いとして頭に届くらしい。

「わりいな、それじゃ駄目なんだよ」

飛牙はしがみついて虎の耳元に囁いた。

「あの美味そうな男だ。仕留めろ」

虎は咆哮《ほうこう》を上げると、人を乗せているとは思えないほどの跳躍を見せた。天令が使役している分、通常を超える力を出せているのだろう。高さをものともせず、特等席の男めがけて駆け上がる。客席は大混乱になり皆逃げ回るが、太府は腰が抜けたらしく動けずにいた。獣に命乞いはきかない。その巨大な肉塊の喉笛《のどぶえ》に、容赦なく虎が牙《きば》を立てた。

隣にいた太府夫人は悲鳴を上げ、やはり恐怖で動けずにいる。

「……ごめんなさい。こんなことになると思わなかったの」

「いいさ。それより銀十枚。あんたの亭主に没収されたんで返してくれるか」

女は肯くと大きな翠玉《すいぎょく》が光る指輪を外し、飛牙の手に載せた。

「これで……」

銀十枚以上の価値であることは間違いない。

「じゃあな、いい男だからって追うなよ」

あとは逃げるだけだった。弓兵も客に当たるのを恐れ、矢を射ることができずにいる。おそらく客もそれなりの身分の者なのだろう。

口元を真っ赤にして咀嚼《そしやく》していた虎が客席から外へ跳んだ。射かけてきた矢は届かない。虎は一目散に街を駆け抜け、元王様と天令を乗せたまま故郷の山へ帰った。

太府夫人が追うなと命じたか、混乱のためか、追っ手がかかることはなかった。

九つの郡を治めているのが、王に任命された太府である。

とはいえ、徐の時代は半ば世襲制であった。いわば貴族のようなものだ。富と権力が集中し、腐敗を招く。こういったことにも不満が多かったのは事実だ。庚に替わり、すべての太府が失脚した。新たに太府となったのが反乱軍で武功のあった者たちだった。

中にはよくやっている者もいるらしいが、如何《いかん》せん大半は経験もない野蛮人だ。林隆高のような者が少なくない。

天令の目には徐の末期より危ういように見えた。

なにより庚王は玉を所持していない。このことは民には知らされていないが、疑っている者もいるはずだ。災いが多ければ、民の疑惑は確信に変わるだろう。

実際、玉にどのような効果があるかは那兪ですらあまりわかっていない。天は玉が誰にふさわしいと考えていらっしゃるのか。

(天にも迷いはある)

再び混乱の時代となったのだ。

この地を任された天令として、那兪にはある程度の権限が許されている。だが、野生の虎を一時的に使役し、本来死ぬべき定めだった寿白を助けてしまった。これは天令の権限を逸脱していると言われても仕方がない。

「はいよ、お客さん」

那兪は店の女から古着を受け取った。代金を払い、話しかける。

「なんでも昨日大変なことが起きたとか」

「坊や旅の人かい。太府様が亡くなられたんだよ」

そのわりに女は嬉しそうだった。太府様の人望のほどが知れる。

「それはまた。ご愁傷様」

「罪人の処刑用の虎に喰われたんだって……ざまあみろだよ」

雑踏の中、女はさすがに声を潜めた。

「それではこの郡はどなたが治めることになるのですか」

「さあ。決まるまではとりあえずは官吏の偉いさんがやるんじゃないかい。誰に代わったってアレよりはましさ」

街の人にとって太府の死は大歓迎だったようだ。礼を言い、次は履物を買いに行く。

一度は飛牙と共に脱出した那俞だが、再び一人で郡都小櫂に赴き、飛牙に必要な物を買っていたのだ。天令ともあろうものが、人間の使いっ走りとは納得がいかない。

『俺、裸だし。死刑囚だったわけで、俺があの街に買い物に行くわけにもいかないだろ』

山で虎を放したあと、飛牙は木の実を口にしながらぐったりとしていた。獄中生活はなかなか過酷なものだったらしい。

『喰い物と着物と履物と刀を頼む。あ、できれば着物は青地の粋なヤツがいいな。刀は柄《つか》に飾り彫りのある曲刀な』

ぶん殴ってやろうかと思った。

しかし、逃げられる態勢が整わないと玉は返せないとほざく。まったく腹の立つ奴だ。虎に喰わせたほうがよかったかもしれない。

あの男は逃げる際、転んだ観客から財布を掏ってきた。今、その財布の中身で買い物をさせられている。これでは盗人《ぬすっと》の片棒ではないか。怒りは収まらないが、これも玉を回収するためだ。

目立つ銀髪は気合で黒くしている。常に強く意識していないと銀色に戻ってしまうため、人界で人と交わりながら動くのは楽ではない。

履物と曲刀も買った。長い間、南異境にいたため曲刀のほうが使い勝手がいいらしい。最後に食料を買う。

街は明らかに前より明るいように思えた。これが解放感というのだろう。しかし、死ぬはずだった飛牙を助け、死ぬ予定がなかった太府を死なせたのだ。那兪としてはこれで良かったとは思いにくい。

（まさか虎にまで獣心掌握の術が使えるとは）

誰にでも身につけられるような簡単な術ではない。才がものを言う。那兪は苦労し

能だった。これは相性もあり絶対というものではない。もちろん獣心掌握の術でも不可能だ。つまり獣心掌握の術はより天令に近い才能でもあった。

人を含め、普通の生き物は〈陽〉に属する。天令は〈陽〉の生物であれば使役が可能だった。これは相性もあり絶対というものではない。魔物である暗魅《あんみ》や魄奇《はくき》は〈陰〉の存在であって、天令でもこれは使役できない。もちろん獣心掌握の術でも不可能だ。つまり獣心掌握の術はより天令に近い才能でもあった。

気に入らないのは、あの虎が寿白の命令を優先したことだ。

もちろん空腹の虎にとって、人を喰うなという命令より喰えという命令のほうが好ましかったということもある。命令が重なり相反すれば本能のほうが勝つ。それはわかるのだが、天令が先に使役した虎に命令するとは人の身で生意気千万。

そのことを抗議すると――

『俺が逃げれば太府は腹いせに兵たちを何十人殺すかわからない。なら太府一人が死んだほうがマシだろ。天の不文律的にもよ』

ああ言えばこう言う。寿白の言い分もあながち間違っていないから余計に腹が立つ。

『……でも私怨《しえん》だったのかもな』

偉そうに講釈を垂れていたかと思えば、最後に淋しげにぽつりと付け加えていた。

人というものはなかなかに複雑らしい。

気が抜けて銀髪に戻りそうになって、那命は慌てて気を引き締めた。天下四国では九割がたの人間が黒髪だ。ましてや老人でもなければ銀髪など見たことがない。買い込んだものを抱えると少年の背丈しかない那命には大荷物になった。早く喰わせてやらないと満足に動けないだろう。食べる必要のない天令にはわからない感覚だが、ともあれ那命は急ぎ街を出て山に向かった。


やっとのことで那命は寿白の元にたどり着いた。

寿白は木の幹にもたれ、鎖の外れた手に乗った虫を見ていた。那命が来たことで虫は飛んでいった。

「その術は王宮で習ったのか」

「うちじゃ王族は皆軽くこれを学ばされるんだよ。始祖王は獣の軍団を率いたなんて話もあるが、さすがにかなり誇張されているだろうな。実際、あまり身についた奴はいないらしい。俺は追われてたから必要に応じてさらに覚えた。おかげで今まで生き延びてきたようなもんだな」

確かにこの術が使えれば一人で南羽山脈を越えることもできるかもしれない。

「それよりメシ」

　どっさり前に荷物を置いてやると、寿白は真っ先に肉にかぶりついた。

「ありがとな。いや、も、腹減って動けなかったわ」

「私はそなたの使いっ走りではないのだぞ」

　元王様の喰いっぷりを眺めながらぼやく。

「だよな。牢の中で何度も呼んだけど来てくれなかったもんな。聞こえなかったか？」

「虎を見つけて使役して、さらにその虎がわざと捕まるようにしたのだ。忙しくてそなたの泣き言など聞いてる暇もなかった」

「でも玉を返してやるって言ったんだぞ」

「そこまではっきり内容が聞こえるわけではない。なにか呼んでいるなと感じるくらいだ。だいたい、そなたの『玉を返す』はあてにならない」

　寿白はぶんぶんと首を横に振った。

「そりゃ俺は嘘《うそ》つきだが、あのときだけはすげえ本気だった」

「誰がクソガキだ」

「……聞こえてんじゃねえかよ」

　せっかく助けようと思って虎を使った策を練っていたというのに、今更寿白を犠牲にするなどありえない。こっちにもこっちの都合というものがあるのだ。

「あの玉ってどんな価値があるんだよ。迎玉したからって別に特別な力が備わったようでもないし、単なる王国の象徴なのか」

「天が贈られるものには意味がある」

とはいえ、那俞も詳細は知らない。宝玉として三百年守ってきた王家の者こそ知っていてもいいはずだ。

「どうだか」

「価値がないと思うなら返せばよかろう」

返せと言われれば返したくなくなるのが人の性《さが》か。寿白は返事もせず黙々と食べ続けた。

「よっし、喰った喰った。お、この着物けっこういいじゃないか。曲刀はちと柔《やわ》だが、まあいいか」

喰い終わったところでさっそく着替えた。

「なら、これでもうよいな。玉を返してもらおう」

「そう急ぐなって。俺、都に行くつもりなんだけどさ。一緒に行かないか」

この男は何を言い出すのやら。

「やはりそなたは信用ならぬ」

「上から地上を見下ろしただけじゃわからないこともあるだろ。俺も城から逃げて這《は》いずり回《まわ》って見えたこともあった。天が玉をどうするか決めるためにも、おまえには同じ目線に立ってほしいんだ」

生意気にも天令を説得にかかってきた。落ちぶれ王子のくせにたまに正論めいたことを言うから困る。

「それに俺、まだ玉返したくねえわ」

「結局それかっ」

怒りで銀髪が逆立った。あの愛らしかった王太子は、もはやこいつの中に一欠片《ひとかけら》も残っていないのだ。虎の餌《えさ》が分相応だった。

「王玉なら高く売れるんだろ。やっぱ、惜しいよな」

売るなどと。天令にも殺意というものが生じるということを知った。

「それは冗談だけどさ、都までは遠いし、よくわかんねえお守りでもあったほうがいい」

「ふざけるな。だいたい、都へ行ってどうしようというのだ。そなたに気付く者がおらんとも限らぬぞ」

気付かれれば殺されるというのに、何を考えているのか。

「誰もわかんねえさ、人相も雰囲気も変わったろ」

それはそうだ。かつての絵に描いたような王子様はすっかり薄汚い無頼漢に変わり果てていた。だとしてもわかる者がいないとは限らない。

「なにより……寿白は死んだことになっているだろ」

「そうなのか」

「知らなかったのか。寿白の首は城に運ばれ、遺品と共に確認されている。街の真ん中に晒《さら》され、徐の残党の希望を打ちくだいたそうだ」

だが、寿白はここにいる。その首が誰であれ、庚の嵩徳《すうとく》王は徐を完全に終わらせたかったのだろう。寿白を殺すことで王は自分しかいなくなる。

「……都に着いたら返すのだな」

寿白はお日様のように破顔した。

「返す返す。俺の愛情付けて返すって。ありがとな。な、おまえ名前は？　天令にも名前ぐらいあるよな」

「那兪という」

人に名乗ったのは初めてだった。名乗るなという決めごとはなかったと思う。

「可愛いな。あ、俺のこと寿白とか呼ばないでくれ。いろいろ面倒なことになりかねない。今は飛牙と名乗ってるからそれで頼む。んじゃ、出発するか」

何故《なぜ》こうなるのやら。

他の天令たちに知られたら、さぞ呆れられることだろう。亡国の王の従者にでもなったのかと。

第二章　王都泰灌《たいかん》

一

庚《こう》の王宮は未《いま》だ増築され続けている。

徐《じょ》の王宮を再利用しておけばよかったのを、跡形もなく破壊し火をかけたせいだ。おまけに多くの官吏を殺した。一概に官吏と言ってもその職務は幅広く、建築や街造りの技能者もいた。それらまで十把《じっぱ》一絡《ひとから》げに殺しては国政が成り立つはずもない。おまけに王宮より後宮の整備を優先する好色ぶり。

徐は三百年かけてゆっくりと腐ったが、庚という国は初めから終わっている。それがこの国の民の嘆きだった。

民とは勝手なものだ。勝手の代償として苦しみがあったとして同情に値するだろうか。

後宮の庭を歩いていた裏雲《りうん》は足下にいた子猫に気付いた。

「部屋にいなさい」

裏雲は宦官《かんがん》であり、後宮に自分だけの部屋を持つ。これはこの若さを思えば破格の出世であった。この猫はそこで飼われていた。人語を理解したかのように肯《うなず》き去っていく。

「裏雲殿、お聞きになりましたか」

同僚の宦官が小走りに駆け寄ってきた。

「なんのことでしょう」

「櫂郡《かいぐん》の太府《たいふ》のことです。今、官吏たちが後任のことについて話し合っておるとか」

ああ、と裏雲は笑った。囚人を虎《とら》の餌《えさ》にしようとして、自分が喰《く》われた愚か者のことだ。

「笑い事ではございませんよ。地方の乱れは中央に繋《つな》がります」

確かに徐が倒されたのも地方からの反乱軍の勢いだった。

「大変評判の悪い太府だったと聞きますが、かといって虎が反乱を起こしたわけでもないでしょう。いわば事故」

「なかなか楽観的にはなれませんよ。宦官にまでなって国が倒れれば我らはどうすればいいのか。まともに男としても扱われません」

宦官は後宮に仕える男たちで、王の妃《きさき》たちに手が出せないよう去勢している。世の中から見れば侮蔑《ぶべつ》の対象にもなりえる存在だった。女たち以上にこの箱庭から放り出されては生きていけないのだ。そのため出世欲は並の官吏以上に旺盛《おうせい》で、足の引っ張り合いも多い。

「まあ裏雲殿ほど眉目《びもく》秀麗で、才覚がおありなら何も恐れるものはないのでしょうが。私などはとてもとても」

溜《た》め息《いき》をつく同僚に、そんなことはありませんよと笑ってみせ、裏雲はその場を去った。

（そう……これは綻《ほころ》び。戦乱の魁《さきがけ》）

裏雲の腕をつたい、袖《そで》の中から色鮮やかな蛇が現れた。

「君も仕事をしてください」

蛇は地面に落ちてくねくねとのたうち奥へと消えた。

燿郡太府の林隆高《りんりゆうこう》は無様にも虎に殺された。しかし、これもうまく使えば天命のない王国に対する天の怒りという方向に持っていくことも可能なのだ。

裏雲は王后《おうごう》の宮に向かっていた。王后は王太子を産んだ後宮の頂点たる女である。嵩徳《すうとく》王には他に男児がいない。宮女が産んだ二人の姫がいるだけ。未来の王母の地位は揺るぎようがない。なにしろ、王はすっかり病がちだ。もっともそれでも色欲だけは衰えていないのだが。

王后の宮に赴き、侍女に話しかけた。まもなく宮の中庭に通される。王后だけの小さな庭は青を基調とした花々が咲き、居心地のいい空間に仕上がっていた。

「待っていたわ、裏雲」

長椅子《ながいす》に寝そべった王后が手招きする。

「恐れ入ります。王后陛下におかれましてはご機嫌麗しく――」

「いいからそこに座ってちょうだい」

卓を挟んで向かい合った椅子に座るよう促した。市井の出であったという王后は堅苦しいことを嫌う。

「今日はどうなされました」

「わかっているでしょ。こっちは籠《かご》の鳥なんだから、話し相手がほしいのよ」

王后は華やかな美貌《びぼう》の持ち主だ。意志の強さを感じさせる双眸《そうぼう》は特に人を惹《ひ》きつける。

「王后陛下の話し相手ならば、どなたでも喜んでお引き受けしますでしょうに」

「馬鹿《ばか》は嫌なの」

いつものことながらはっきりと言う。

「女たちはお菓子や着物の話ばかり。他の宦官はおべんちゃら。面白いのは裏雲だけね。それに目の保養にもなるもの」

「お褒めにあずかり光栄です」

茶を運んできた侍女に人払いをさせ、王后は頬杖《ほおづえ》をついた。

「陛下は仕事ができる状態じゃないわよね。医者はなんと言っているの」

「原因がわからず難儀していらっしゃいます。病というよりは気の持ちようなのかもしれません」

「確かに陛下は国を奪って数年で腑抜《ふぬ》けになったわ。でも、殺しても死なないような丈夫《じょうぶ》が取り柄の男だったのよ。それがむくんで顔色も悪くて……気の持ちようだけの問題じゃないと思うんだけど」

王后は王に対しても容赦がない。それでも一応は案じているらしい。

「ねえ、毒じゃないかしら」

「毒味役は三人もおります。陛下は用心深くていらっしゃる」

恨みを買っているのは誰よりも自分がわかっている。ゆえに嵩徳王は用心を怠らない。

「ならば巫蠱《ふこ》ということは？」

巫蠱とは簡単にいえば生き物を使った呪いのこと。

「術師をことごとく処刑なさったのは、他ならぬ陛下です」

術師が生き残っていたとしても、王宮には呪術除《よ》けが張り巡らされている。

「ええ……ひどいことをするものだわ」

王后は唇を噛《か》んだ。術師は民間療法の医者としての側面もあり、人を助ける呪術もする。それを自分に呪《のろ》いをかけるかもしれないというだけで殺したのだ。

「いずれにせよ、国政は丞相閣下《じょうしょう》が担っておりますゆえ」

「陛下の腰巾着《こしぎんちゃく》というだけで出世した男よ。本当にうまくやっているのかしら」

丞相呉豊《ごほう》は王の片腕としては如才ないが、国を率いる器ではない。今の混乱がそれを物語っている。有能な者から順に殺されたのだから、人材不足も当然だった。

「いっそ王后陛下が舵《かじ》をとってはいかがですか」

「やめてよ。雌鳥《めんどり》鳴いて国滅ぶ、なんて言われたくないわよ」

「いえいえ、燕《えん》のように女王国もありますゆえ、決してそのようなことは」

王后は情もあり、聡明《そうめい》なところもある。少なくとも今の王や丞相が舵を取るより遥かにましだろう。

「燕は摂政が国を動かしているんでしょ。女王はお飾り」

確かにそのとおりだ。あの国は長く摂政に実権を奪われている。徐の頃から燕とは外交上の関係も薄い。庚になってからは商用の行き来があるくらいだった。

「その気になれば王后陛下に付く者も多いかと思いますが」

「後宮の女が陛下を骨抜きにしてるって言われてるわ。だらしない陛下が悪いだけなのに、女のせいよ。これで私が動いたら何を言われるか」

腹立たしげに唇を尖《とが》らせた。少し子供っぽいところも愛らしい女性だ。しかし、これでなかなか油断はならない。

「その陛下を射止められた王后陛下はお見事です」

「仕方ないじゃない。あのとき、山賊が後宮になだれ込んできたんだから。殺されないために私だって必死だったものよ」

この女は元々徐の後宮にいた女官だった。女たちが次々と陵辱され殺されていく中、一か八《ばち》か山賊の親玉に自らを売り込んだと言われる。かなりのしたたか者だ。

「私はね……死ぬわけにいかなかったの」

そう呟《つぶや》く。どうしても死ねない理由は誰にでもあるようだ。

「お母様、あ、裏雲いた」

可愛《かわい》らしい声がして振り返る。王太子の亘筧《こうけん》が駆け寄ってくる。

「どうしたの、修練の時間じゃないの」

「休憩です。裏雲が来ていると聞いて」

畏《おそ》れ多《おお》くも愛らしい王太子はよく懐いてくれている。

「裏雲が先生になってくれればいいのに」

「そう言っていただけるのは嬉《うれ》しいのですが、私ごとき若輩では殿下の師はとうてい務まりません」

王太子は幼いながら読書好きで学者肌だ。両親がさほど教養のあるほうではないだけに、意外にも思える。

「だって裏雲は物知りだもの。もっと教えてほしい」

「親に似てないって思ってるでしょ」

王后はくすくすと笑った。

「いえいえ、そのような」

「いいのよ。ただこれが王に向いているかどうか……それに玉《ぎょく》もね」

朱雀《すざく》玉がないことをこの王后もご存じなのだ。玉がないことは想像以上に不安なことなのだろう。

（いわば偽りの王……）

このまま王国を継いでも知られれば民にどう思われるのか。

「王太子殿下、どちらですか、先生がお呼びです」

声がした。侍女が探しているようだ。

「参りましょう殿下。お送りします」

裏雲は王太子の手を握った。

「それではまたね、裏雲——亘覧、退屈を我慢するのも王たる者の務めよ。しっかりね」

王太子ははいと素直に答えた。

王后の宮を離れ、王太子を連れて歩く。老師は宦官ではないため、後宮には入れない。よって修練は王宮のほうでする。

「ねえ、玉ってなあに」

王太子はそれすら知らされてないのだ。子供に口止めはできないのだからそれも然り。

「お気になさらず」

「父上は易姓革命を遂げたのだよね？　簒奪《さんだつ》したわけじゃなくて」

易姓革命とは天の意志に従った王朝交代のこと。王は徐を倒したことをそう言っているようだが、果たしてそれをどれほどの人間が信じているものやら。

「……さようでございます」

「うん、ならいいんだ……」

どこかで悪い噂《うわさ》でも聞いたのかもしれない。

向こうから先ほどとは別の宦官がやってくる。いささか面倒な相手だ。

「これはこれは殿下、裏雲殿とお散歩でございますか。仲のよろしいことで」

「修練に戻るだけです。お母様のところで会ったから一緒に」

王太子にとっても苦手な相手であるようだ。

「おや、裏雲殿はまた王后陛下にお呼ばれでしたか。羨《うらや》ましいことです」

「ほんのご挨拶《あいさつ》まで」

やり過ごしたかったが、宦官はにっと笑い、簡単に引き下がろうとはしなかった。

「わずか数年で異例の大出世を遂げるお方は違いますな」

「それはどうも」

「王后陛下に限らず、後宮のご婦人がたのお心を惹きつけていらっしゃるとか。真《まこと》に宦官の形《なり》をしておいでなのかと思いたくもなりまする」

裏雲は男の耳元で淡々と囁《ささや》く。

「そこまで気になるなら、お見せいたしましょうか」

男は眦《まなじり》を吊《つ》り上《あ》げ、顔を赤らめた。侮辱されたと受け止めたのだろう。特に嫌味のつもりもなかったが、これで気を悪くするのだから面倒なものだ。

「それではこれにて。殿下を送り届けねばなりませぬゆえ」

男を残し、王太子とともに王宮へ向かう。

「何を話していたの？」

「たいしたことではありません」

綺麗《きれい》なままの時代は短い。今はまだ王太子の無垢《むく》な輝きを見ていたかった。

二

十年ぶりの都であった。

一人の兵も持たず、志すら消《き》え失《う》せ、どの面下げて戻ってこられたものだと飛牙《ひが》自身が思う。

もっと美しい都だったような気がするのは、思い出が美化されているからなのか。灰色の空が街を押《お》し潰《つぶ》しているかのように見えた。

——到着したぞ。玉を返せ。

蝶《ちょう》になって肩に乗っている那兪《なゆ》がさっそく言った。

「落ち着けよ。着いたばかりだろうが」

——そなたは嘘《うそ》つきだからな。

「まずは都見物でもしようじゃねえか。おまえも人間になれよ。蝶々と話してると、俺が馬鹿みたいだろ」

——髪を黒くしているのは疲れる。

「じゃ頭巾《ずきん》でも買うか」

——そんなものはいらぬ。いいから返せ。

「まああ、遠慮するなって。ほら、あの店、良さそうだぞ」

蝶を連れて店に入った。中は雑然としていて、品数は豊富だった。衣類が所狭しとかけられている。

「お客さん、色男だからこんなのも似合うよ」

声をかけてきたのは若い女だった。十六、七といったところか。

「頭を全部覆えるような帽子か頭巾がいいんだがな」

「なら、こっち」

ざっと選んで金を払う。

「お客さん、旅の人でしょ。今夜の宿は決まってる?」

「いいや」

「なら、あそこ。ほら黄色い看板が宿屋だよ。眺めもいいし、ご飯も美味《おい》しいしさ。泊まってよ。で、蘭曜《らんよう》の紹介って言っておいて」

どうやら客の斡旋《あっせん》が成功するといくらか貰《もら》えるらしい。

「わかったわかった」

適当に答えておいて店を出た。

宿代に金を使うのはもったいない。どこかではぶりのいい女を引っかけようかと思っている。場合によっては男でもいい。

――ちゃんとしたところに泊まれ。また間男で捕まりたいのか。

旅を共にしてきたせいか、こちらの考えが蝶々小僧に読まれている。

「そう言われてもなあ。路銀でけっこう使っちまったろ」

ここまで来るのに一ヵ月かかっている。天令《てんれい》様が目を光らせているので、あまり後ろめたいことはできなかった。

――だったら、この姿のままのほうがいいだろう。人の形になれば私の宿代もかかる。

「子供に捕まったときがあっただろ。金払って返してもらったじゃねえか。おまえ羽もがれてたかもしれねえぞ」

――まったくふざけた子供だった。だが、逃げるくらいできる。その際、激しく発光するので子供の目は潰《つぶ》したかもしれないが、自業自得だ。

「大事《おおごと》にすんなよ。都でやったら大騒ぎだって。まあいい、なら泊まるときだけ虫、あとは人でいいな」

――虫ではない。これは天令万華《てんれいばんか》といって――

「はいはい、まずは人になろうな。俺、さっきから独り言を言い続ける可哀想《かわいそう》な男になってるわ。視線が痛い」

那兪を適当にあしらい、飛牙は城の方角に目をやった。長旅で疲れてはいるが、宿より先に城を見に行きたかった。

「不衛生だな、何故《なぜ》大通りを通らない？」

那兪が呟いた。若者と少年は王宮に向かって小路《こうじ》を通り抜けているところだった。わざわざ遠回りをしてまで通るような道ではない。表通りと違い、裏通りには悪臭が漂っていた。住人の身なりも貧しい。痩《や》せた半裸の子供が見慣れぬ二人連れを見上げる。

「見ておきたくてさ。俺、昔は街に出ても綺麗なとこしか見せてもらえなかったから」

そのうえで国の行く末を語っていたのだから笑わせる。

「見てどうする。今のそなたは与太者だ」

「まあな——おっと、見えたぜ。城だ」

裏通りの坂道を越えると、小高い丘の上に王宮が見えた。ぐるりと城壁に囲まれてはいるが、高い塔と三角の屋根がいくつも見える。この中では官吏や宦官が忙しく動き回り、女たちは着飾り後宮を彩る花になる。それだけは変わらないはずだ。

かつてと違うのは、ここにいる王が父ではないということだ。

「ある意味、この国は二分されているのだ。支配しているが玉のない王とすべてを失いながら玉をその身に宿す元王とで」

飛牙は笑った。玉は異物感一つなく体に浸透している。国の半分の価値があるだろうか。利点は紛失しにくいということくらいなものだ。

「天の希望はどっちだ？」

那兪は頭巾を巻いた頭を横に振った。

「私もわからなくて困っている。様子見なのかもしれない」

「けっこう適当だな」

「そなたはどうなのだ。危険を覚悟でここまで来たのは、徐を再興したいという望みが残っているからではないのか」

天令様は与太者を苦笑させることばかり言う。

「そんな志の高い奴《やつ》に見えるか」

「見えはしないが……そなたは嘘つきだから油断できぬ」

「そりゃそうだ」

そんなことを話しながら戻ろうとしたとき、女の悲鳴が聞こえた。

「やめてったら、放してよ」

女が二人の男に絡まれていた。よく見れば先ほど頭巾を買った店の娘だった。

「はいはいはい、そこまでな」

「しかし、この小娘は――」

男たちは悪そうには見えなかった。

「こんなお城の近くで騒ぎを起こしたら面倒だろ。あとにしとこうや」

飛牙は男の肩を叩《たた》き、宥《なだ》めた。男たちは渋々去っていく。この様子から見るに非は小娘のほうにあったのかもしれない。

「あなたさっきのお客ね……ありがと」

娘はほっとしたように礼を言った。確か名前は蘭曜だったか。

「何か悪さしたんじゃねえのか」

「してないわよ。教えてあげた宿屋がぼったくったのはあたしのせいじゃないもの。田舎者が社会勉強になってよかったじゃない」

ぬけぬけと言い切った。

「宿って俺に紹介したとこか」

「ま……まあね」

なかなかどうしてとんでもない小娘だ。どうやら自分も田舎者扱いされたらしい。

「この子はあなたの弟？」

那俞の顔を覗《のぞ》き込《こ》んできた。

「まあな」

那俞は嫌そうな顔をしたが、面倒なのでそういうことにしておく。

「借りができちゃったわね。良かったらうちに泊まらない？　じいちゃんと二人暮らしだから遠慮はいらないわよ」

「今度は自宅でぼったくりか」

那俞は思い切り怪訝《けげん》な目で蘭曜を見た。

「なんなの、生意気な餓鬼ねっ、あたしだって恩は返すわよ。タダで泊めてあげるって言ってんの」

「無礼者、私は――」

言いかけた天令の口を飛牙は急いで塞《ふさ》いだ。

「なら、お言葉に甘えて泊めてもらうわ。助かるよ」

「そうそう。厚意は素直に受けとくものよ。じゃ、行くわよ、ついてきて」

那俞は納得できないようだが、仕方なくついていく。

坂を下る途中、飛牙は一度王宮を振り返った。かつての面影は少ないけれど、ここは紛れもなく生まれ育った場所。王太子殿下と呼ばれ、両親と皆に愛されて過ごしていたときがあった。

王宮から逃げたあとの歳月が長い悪夢にしか思えないほど幸せだった日々は、確かにあの中にあったのだ。

＊　＊　＊

追っ手から寿白《じゅはく》を守り、部隊は東へと逃避行を続けた。

総勢二十二名の部隊だった。

ここから徐を再興させるなどどれほどの奇跡が必要になることか。それは幼い寿白でもわかっていた。

趙《ちょう》将軍の考えはこうだ。各地の残存兵力を集め、わずかなりとも国交のある越《えつ》国に向かう。越国の正王后は寿白の大叔母に当たる。そこで亡命政権を打ち立て、越軍の助力を得て三年以内に王都を奪回する。

越国もまた三百年続いた王朝に陰りが見えていると聞く。隣国での革命がうねりとなって伝わってきては困るだろう。天に認められた王朝に背けばそれはすべて逆賊、そういう声明を掲げてもらうだけで反乱軍の大義に水を差すことになる。

都を脱出してから二ヵ月が過ぎたある日のことだった。

「城は落ちました。賊軍の頭目石宜《せきぎ》が、易姓革命が成功したとほざき、〈庚〉を打ち立てたと国に触れを出したとのことでございます」

趙将軍が歯嚙みして寿白に伝えた。断腸の思いであっただろう。

寿白は震える唇を真一文字に引き結び、一度呼吸を整えた。子供ではない、自分は王だ。どんなに辛くとも王としてすべての現状を知らなければならない。

「それで皆は……父上と母上はどのような」

「陛下と王后陛下は最後に毒杯をあおり、命を絶たれました。城に残った者の大半は戦死ということです」

体中の血が引いていくようだった。わかってはいた。それでもあまりにもひどい事実は少年を底の底まで突き落とした。だが臣下らの前で泣くわけにはいかない。

「あいわかった。報告ご苦労。すまぬが……私は一人で外の風に当たり今後のことなど考えたい」

辛《かろ》うじて将軍にそれだけ言うと少年は野営を出た。

早く人目につかないところへ。嗚咽《おえつ》が誰にも聞こえないところへ。口元を押さえ、林の中へと駆け出した。

大きな木の下で、寿白は地べたに両手をついた。とめどなく溢《あふ》れた水滴が土に吸い込まれる。

天は本当に何もしてくれなかった。それはつまり賊軍の虐殺行為を易姓革命と認めたということなのだろうか。我らに正義はないのだろうか。

父も母も悧諒《りりよう》も——もはやこの世にはいない。私を逃がすために、灰になるまで戦ったのだ。

こんなところで泣いている自分に、そんな価値はあっただろうか。

足音が近づいてきて、寿白は急いで目元を拭《ぬぐ》った。こんな姿は見られたくないと、木の陰に隠れる。

「泣くな。寿白様も将軍も堪《こら》えていらっしゃるのだぞ」

「しかし……弟が」

配下の兵たちの声だった。

「陛下と兵たちの首が城壁の前に晒《さら》されたと聞く。弟もだ」

その会話は寿白を凍りつかせた。

「女たちも陵辱され殺された……天は我らを見捨てたのか。徐国は天が授けた王国ではなかったのか」

兵が地面を拳《こぶし》で叩いたようだった。

「取り返そう。我らには玉をその身に迎えた寿白様がいる。必ずや簒奪者を駆逐し、

(……みんな死んだ)

この手に王国を取り戻すのだ」

兵たちは寄り添って野営に戻っていった。

（……期待に応えねば）

その義務がある。

「寿白様、どこです」

主人を探す、慶沢《けいたく》の声がした。

「良かった、心配しました」

見つけて安堵《あんど》する慶沢を見ていたらまた泣きたくなってきた。

「ごめん、慶沢。私は弱いな」

「私なら大丈夫です。落ち着いてから戻りましょう」

寿白の三つ年上で、唯一弱さを見せられる友であった。慶沢以外の兵は皆寿白より十歳以上上だ。寿白の世話係として逃亡隊に加わった少年である。

「国を取り戻せるだろうか。皆に報いることができるだろうか」

「今は信じましょう。私などから見ても、寿白様には何か使命があるように思えます。それが国を再建することなのかどうかはわからないのですが」

寿白は濡《ぬ》れた顔を上げた。斜め上の枝に一羽《わ》の雲雀《ひばり》が留まっている。目が合ったような気がした。

「歌っておくれ」

その願いに応えるように、雲雀はさえずり始めた。

「ありがとう」

自分ができることなどこの程度だった。

「獣ですら寿白様の前にはひれ伏します」

寿白は少し笑った。

少年は顔を袖でこすると、歩き出した。

我は王なり。死んでいった者たちを無駄死ににはさせない。

きっと……必ず。

三

目を覚まして、飛牙は盛大に溜め息を吐《つ》いた。

王都に戻ってきたせいか、思い出すことが多かった。異境にいる間に充分割り切ったつもりだったが、苦い故郷は忘れることを許さない。

「おはよう、朝ごはんだよ」

いきなり戸が開けられ、蘭曜が入ってきた。

「あ、ああ……悪いな」

「じいちゃんも待っているから早く」

そう言ってすぐに戻る。したたかな生活力があって、半裸の男にも動じない、たいした娘だ。

窓を開けて朝日を浴びた。体を伸ばし、着物を身につける。那俞が見当たらないが、おそらく食事を出される前に消えたのだろう。天令は食べる必要がないらしい。宿ならともかく、民家に世話になっている以上あまりだらしないことはできない。外の井戸で身支度を整えてから食卓に向かった。

「おはよう。疲れていたようだね」

白髪の老人が出迎えてくれた。これが蘭曜の祖父で、昔は何かを教えていたらしく、街では聞老師《ぶんろうし》で通っているという。

「おはようさん。なんかいろいろ世話になっちまって」

孫娘はあれだが、祖父のほうは至って温厚で常識人のように見えた。

「こちらこそ蘭曜を助けてくれて感謝しているよ。さあ、食事にしようか。おや、弟さんはどうしたかね」

「えっと、朝の散歩に行ったようだな。あいつのことは気にしなくていい。適当に木の実でも喰ってると思うからさ」

「それはまた。仙道でも目指しているのかな。あの子にはなにやら世俗から距離を置いているような、そんな雰囲気も感じたが」

この老師様はなかなか勘がいいようだ。

玉のことがある限り那俞は必ず戻ってくる。その点は心配する必要はないが、天令というのは究極の世間知らずでもある。

「まあな。変わり者でさ」

「なんか変な兄弟だよね、全然似てないし。弟は天から降りてきたみたいな顔してるのに、兄貴はいい加減で俗っぽい」

蘭曜は適当に言っているのに当たりすぎていて怖い。飛牙は苦笑した。

「そんなふうに見えるのか」

「うん、悪いことといっぱいしてきたんでしょ。女騙《だま》したりさ」

「いや、男女平等に騙してきた」

「うわあ、やっぱりね。両方いけるんだ」

若干誤解があるようだが、若い娘の妄想と戦っても仕方ない。

「ゆうべ、あの子が言ってたわよ。兄は間男で捕まるような下半身の緩い男だから近づくなって」

あんの餓鬼……飛牙は顔を片手で覆った。

「ご忠告ありがたいけど、あたしの好みじゃないからね。意外とね、もっとこう王子様みたいなのが好きよ。飛牙とは全然違うわよね」

「……そりゃ残念だな」

「この街だってどうせろくでなしだらけよ。生きてればいろいろあるもんね。気にしないわよ、こっちは。じゃ、冷めないうちに食べようよ」

蘭曜がご飯を盛ってくれた。三人で朝食の食卓につく。

「王都泰灌にようこそ。仕事かな」

昨夜もいくらか訊《き》かれたが、疲れているだろうと早めに解放してもらった。あらゆることを誤魔化すことになるが、嘘は得意だ。

「単なる都見物だよ。一生に一度くらいは拝んでおかないとな」

「で、都の印象は？」

「そうだな……もっと華やかなのかと思ってたけどちょっと違った。人は多いけどな」

これはそのままの感想だった。

「でしょ。昔は、って徐のときはもっと街は綺麗だったの。桃の花がいっぱい咲いていてね。今じゃすっかりくすんじゃって。全部あの馬鹿王様のせいよ」

蘭曜は食べながら怒った。

「それはそうだが、あまりそういうことを口に出すものじゃないよ」

老人が窘《たしな》める。

「外では我慢してるもの。家の中でくらい言わせてよ。じいちゃんだってそう思ってるでしょ。兵法や法を教えていたってだけで処刑されそうになったんだから」

憤懣《ふんまん》やるかたない様子だった。

「そうか、多くの知識人が粛清されたと聞くが本当だったんだな」

「もう。田舎者でもこの国の人間でしょ。無理矢理連行されたとこ見たことないの？」

気にする飛牙でもないが、この子はとにかく口が悪い。

「何年か南の異境にいたからな」

「ええっ、南羽《なんう》山脈越えて？　死の山脈って言われてるよ。あそこ越えられるのは人間じゃないって聞いた」

「優秀な案内人を雇って、隊列を組めばなんとか行けないことはないだろう。現に少しの往来はある。二ヵ月以上かかるらしいが。君もそうだったのではないか」

聞老師に訊かれ、飛牙は黙って肯いた。

実際、飛牙は一人で南の大山脈を越えた。それには獣心掌握の術が大いに役立っている。獣に襲われかければ操り、あるときは守ってもらい、なんとか山を越えられた。もちろんそれでもとてつもなくきつい旅だった。死んでもいいと思ってやる分にはなんでもできたものだ。

「軽薄そうに見えて意外に根性あるんだねえ。そういえばその刀も南異境のだもんね」

「こら、蘭曜――申し訳ない、口の悪い子で」

軽薄に見えるほうが相手はちょろいと思ってくれる。そう見せて敵の上を行くのが飛牙のやり方だった。もちろん必要に応じて豹変《ひょうへん》する。

「いいってことよ。ずけずけ言う女は嫌いじゃない」

「だってさ、じいちゃん。異境かあ、一度行ってみたいよね。天下四国と違って言葉も通じないんでしょ。面白かった？」

「言葉は違うな。面白いかは、どうだろうな」

しがらみもなく、ただのちっぽけな人間に戻れたのはよかった。とはいえ、いくら死の山を越えても消せないものは確かにあった。あったから戻ってきたのだ。

「ご飯とかは？　着る物は？　神様も違うんだよね？」

好奇心旺盛な娘の畳みかけてくる質問に適当に答える。久しぶりの家庭を感じさせる食卓は賑《にぎ》やかなものになった。

食事のあと、飛牙は庭に出た。

郊外の小高い丘の上にある一軒家だが、老師はかつては城下に住んでいたらしい。その知識は統治から戦術など幅広く、武将らも教えをうけたという。王朝交代後の大粛清で連行され危うく処刑されかけた老師はすっぱりと隠居し、今では道楽で書物を書いているらしい。収入が減ったことで孫娘も街の店で働き、なおかつあまり褒められない副業にも勤《いそ》しんでいたのだろう。

ここからは王都の街並みが広がっているのがよく見える。遠く王宮も見えた。ふと、城壁から見た眺めの素晴らしさを思い出した。見張り台のてっぺんまで登れば、街だけではなく都を囲む壁の向こうの荒野までが見えたものだ。

「ちょっといいかな」

聞老師がやってきた。病か怪我《けが》のせいなのか少し足を引きずる。

「ああ。泊めてくれてありがとな。那俞が帰ってきたら出ていくわ」

「そのことなんだが」

そう言って飛牙の脇《わき》に腰をおろした。

「しばらくここに居てくれないか。手伝ってほしいことがある」

「俺なんかじゃ本を書く手伝いなんかできねえよ」

「書き物は道楽だ。ときどき城に化粧水などを卸して日銭を稼いでおる」

「化粧水？」

そうじゃ、と老師は肯いた。

「裏の竹藪《たけやぶ》に井戸があって、これが良い水が出る。その水に香り付けと草の汁《つゆ》をちょちょっとな。これで後宮御用達《ごようたし》化粧水のできあがりだ。私はもう水が汲《く》めない。蘭曜だけでは大変だ。男手が欲しかったところでな。蘭曜もそのつもりで連れてきたんだろうよ」

なるほど恩返しは二の次だったということか。そのほうが蘭曜らしい。

「いいよ、水汲み程度で泊めてくれるんだろ」

怪しげな宿屋に泊まるよりはよほどよさそうだ。

「それがいい。無宿人というだけで捕まりかねん」

「ふうん、やっぱり厳しいんだな。蘭曜もえらく王様を嫌っていたようだし」

「私のこともあるが、一番は両親が革命の戦乱で命を落としたことだろうな。私にとって娘夫婦だった」

そうか、と飛牙は俯《うつむ》いた。

「城での激突は都全体を巻き込み、略奪も横行した。数十万人があの戦で死んだ。蘭曜は前の王も今の王も許せないようだ。結局両方に殺されたと思ってるだろう」

確かに前王は何もできなかった。彼らが思っている前王は寿白の父許毘《きよび》王だろう。だとしても同じことだった。

「私はこれも時代の必然だと思っているよ。三百年だ。土台も腐る。前の王とて秀でたところはなくとも教養も高く中庸のお方だった。何代か前に生まれていれば、つつがなく国を治めたはずだ」

飛牙も父が無能だったとは思いたくない。穏やかで優しい人だった。時代に求められなかっただけだ。

「しかし、嵩徳王はいかん。彼の目的は革命だけだった。あとの考えがなかったのだ。国家観のない馬鹿者に王は務め上げられない。国を血に染めて手に入れた玉座を守ることだけがすべてになってしまった。だから脅かすものをことごとく殺してしまう」

内容は峻烈《しゅんれつ》で蘭曜を叱《しか》れた義理ではない言い様だ。聞老師は淡々と語る。

「この先どうなるのがいいと老師は思ってるんだい」

訊いてみたくなった。この老人の話は拝聴に値する。

「嵩徳王が改心するなどありえない。どうしたものかな。王太子は子供だ。徐王朝に戻ってほしいという者もいるが……」

飛牙は複雑な思いで聞いていた。

──長い逃避行のいつどこで、〈寿白〉は死んだのだろうか。

＊　＊　＊

簒奪者石宜は名を嵩徳と改め、庚の始祖王であることを宣言した。

嵩徳は玉の存在をお伽噺《とぎばなし》程度にしか考えていなかったようだが、実在する物であり、それを持たなければ天に認められたと言えないと知るや、追討隊を国中に放った。

真の迎玉《げいぎょく》を得た寿白が土壇場で即位した、と聞けば尚更《なおさら》だっただろう。たとえ玉が手に入らなくとも寿白だけは抹殺しなければならない。

城が買えそうなほどの賞金を寿白にかけ、その行方を追った。これにより各地で義勇軍の編制を考えていた趙将軍の計画は露と消えた。三百年続いた徐国への忠義は金によって踏みにじられたのだ。

寿白一行が越国に入ることを予見したか、国境周辺には大部隊が送り込まれた。となれば、越のほうも警戒し、蟻《あり》一匹入国させない。このため越への入国を断念せざるを得なくなった。

こうして一年とたたずして八方塞《はっぽうふさ》がりとなり、身を潜めながら逃げ回るしかなくなっていた。また、寿白を匿《かくま》った者は一族郎党処刑するとの触れが出された。実際逗留《とうりゅう》したただけの小さな村は女子供まで全員が庚軍により殺され、火をかけられた。仲良くなった少女も、よちよち歩いていたその弟も、人の形が残らないほど無残に殺されたのだ。

(生きているだけで私は災いになっている)

その事実に寿白は震えた。

希望などどこにもなくなっていた。狩られるだけの王。

戦いの中で死に、病に倒れ、逃げ出し、寿白が十三歳になった頃には味方の兵は半分になっていた。

いっそ死ねばいいのか。だが、それは忠義を尽くしてくれる兵たちに対する裏切りだ。徐王と玉を守るために死んでいった者もいるというのに。

「……私には生きる価値がない」

兵士の墓の前で寿白は茫然《ぼうぜん》と立ち尽くしていた。

「何を仰せですか」

慶沢に叱られた。

「魔物すらも寿白様への敬意を見せるほどです。何かを成し遂げるお方です」

魔物に襲われたことは確かに少ない。だが、そんなものは偶然だ。庚軍という生きる魄奇《はくき》が襲ってくる。

「生きましょう。この命にかけても寿白様をお守りします」

慶沢が抱きしめてくれた。それが申し訳なかった。自分がいなければ静かに生きられるのだ、この少年は。

何度も天に祈った。

(この存在が許されないなら、殺してくれ)

天令を呼んで、少年はそう言いたかった。

四

蝶は飛んでいく。頼りなげにひらめいて王宮の塀を越えた。

庚になってから王城に入ったのは初めてだった。建築物に統一感がない。庭造りも成功しているとは言いがたかった。

歴史とは、経験と文化の積み重ねだ。徐国がいかに弱体化して滅んだとしても、築き上げたものを否定するべきではない。先人に敬意を示せない者が造る庭などこのザマだ。

(趣味の悪い)

那兪は木槿《むくげ》の葉の上で嘆息した。

天令は人の世に関わるべからず——それはわかっているが、この目で確かめないことには天に報告できない。玉をお渡しするとき何も意見を言えないようでは情けないと思った。何のための天令か。

ともかくも庚の実態を少しでも把握しておきたかった。まずは嵩徳王の部屋を探そうと思った。呪術除けが張られているが、その力は天令には及ばない。

髭《ひげ》の生えていない弱々しい男たちが庭や廊下を忙しそうに歩いていく。宦官だろう。ここはもう後宮らしい。一定の位のある女官たちは自分の宮を持っている。とりあえず一際大きな宮へと向かった。

「東のほうでは干ばつで苦労していると聞いたわ」

女の声が聞こえた。

「困ったものです。韻郡《いんぐん》の太府からも救援を求められており、王都の倉を開けるよう丞相閣下にお願いしているのですが、なかなか色よいお返事を貰えません」

次はおっとりとした男の声だ。開けられた窓から中に入ると中庭で男女が奇風絵札をめくっていた。数字と絵柄を合わせて楽しむ遊びだが、運だけではなく知恵が求められる。着物や身につけている装飾品からして女のほうはかなり位の高い妃だろう。男は宦官らしいが、それにしては長身で涼やかな顔立ちだった。

「陛下が動いてくれればいいのだけれど、去年、才人《さいじん》として後宮入りした月帰《げっき》に夢中なのよ」

才人とは後宮の妃の位である。さほど高い地位ではない。

「意外とお元気なようですね」

宦官はうっすらと笑った。

「笑い事じゃないわよ。干ばつが続くのも王に徳がないから。徐王が持っていた玉を手に入れていないのでは……巷《ちまた》でもそう囁かれているとか。どうなの、裏雲。あなたなら知っているわよね」

「玉は天窓堂《てんそうどう》に保管されているはずですが、あそこに入ることができるのは原則として堂守と王と王太子のみ。私でも確認はできません」

「でも、亘覧も入れてもらったことはないのよ。王太子なのにね」

どうやら女は王太子の母、つまり王后のようだ。女は絵札を置き、顔を上げた。

「玉は寿白殿下が持って逃げたのでしょう。だから見つからない」

庚では寿白を王とは認めていない。最後の最後で譲位されたことは伏せられているのだ。

「だとすればどこにあるのやら。寿白殿下は亡くなられています」

「ええ、六年前に追討隊が討ち取ったと言って二つの首を持ってきたわ。寿白殿下と趙将軍の首。将軍はともかく、寿白殿下は成長の著しい時期。本当に首は殿下だったのかしら。その頃には殿下の顔を知る者は殺されたりしてほとんど生きてはいなかったのよ。まして何十日もたった塩漬けの首よ」

「……確かに判断は難しい」

裏雲と呼ばれた宦官も絵札を置いた。

「私に見せてくれれば確かめられたかもしれないのに」

「ご婦人にお見せしてよいものではありませんから」

「あなたが後宮に仕えるようになったのはそのあとだったかしら」

「はい。私も二つの首は見ておりません」

王后は長く息を吐いた。

「……寿白殿下はそれはそれは愛らしいお子でした。聡明で凜々《りり》しくて。迎玉とは本来玉を身の内に宿すものだと聞いているわ。殿下ならばそれも可能だったのではないかしら」

「さあ……私にはなんとも」

「そうよね、会ったことがないんだもの。でも、玉が見つからないのはおかしいと思うのよ。どこかで手に入れた者がいたとしても、陛下に渡せば報賞は思いのまま、逆に隠し持っていたら危険すぎる。玉は寿白殿下が宿していて、殿下は今も生きていると考えることもできるわ」

　那兪は感心していた。この女はなかなか鋭い。

「……殿下とともに逃げた徐の兵たちが隠したのでしょう。土に埋められていたり、湖に落ちているのかもしれません」

「でも、仮にも天が授けた玉なんでしょ。それなら天に回収されているんじゃないの。だとしたら天は庚を認めていないということ。私ね、複雑なのよ。徐国の女官だった者として、寿白様のご無事は祈りたい。でも、それってもしかしたら我が子の仇《あだ》になるかもしれない。陛下はあのとおり、天が認めないのも納得できるような人だもの。寿白殿下が存命なら捨て置くわけにはいかないでしょう。城を出る間際に即位したとも聞くし。それってこの地に王が二人いるとも言えるわ。私も何が正しいのかわからなくなるの」

　宦官相手にここまで赤裸々に語るのかと驚いた。後宮でまで寿白が生きている可能性が語られているというのに、都にいるなどとは危険極まりない。

（だから言ったというのに――あの馬鹿）

　小さな蝶は木の上に留まり、二人の様子をつぶさに眺める。王后も面白いが、那兪はむしろ宦官のほうに関心を持った。裏雲という男の背中を見ていると何か引っかかるものを感じる。

「天が認めない国には災いしか起こらない。そういう理屈でいくと、末期の徐も今の庚も認められていないようなものですね。天は気難しい。そのくせ助けてはくれない」

飛牙もそうだが、この国では天への信仰が薄れているようだ。けしからんといえばそうなのだが、人の側からすれば無理もないのかもしれない。天はあまりにも漠然としていてつかみ所がない。

天の一部として、那兪も人の世の安寧を望んではいるのだ。

「そうでしょ。少しは道を示してほしいわよね。あら、見て。綺麗な蝶々」

王后に指をさされ、那兪は慌てて飛び去った。

「これはまた、珍しい蝶だ……」

声はそこまでしか聞こえなかった。

王后の中庭を離れ、那兪は屋根の上に留まった。

もっと平凡な蝶になれればいいのだが、天より授かった輝きというものは簡単には隠せない。人になっているときはそれが髪に現れる。

困ったことに人は美しい蝶を見ると捕まえたがる。いっそ汚い蛾《が》のほうがよほど動きやすいだろう。

今度こそ、王を見つけたかった。

人気がないところでかなり速度を上げる。蝶のふりをしたままでは一日かかりそうなほど広大な敷地《しきち》だ。

王宮は城内の中央部にあった。執務棟と後宮に挟まれた形だ。徐国のときとは少し違う。真っ昼間から寝所にいるとは思いにくいが、まずはここから当たる。

が、寝所らしき部屋は窓も開いておらず入る隙間《すきま》がなかった。光になればどこへでも入ることはできるが見つかりかねない。しばらくの間、廊下の隅で待ってみたが、辺りに人はいない。執務中なのだろうと移動を考えたとき、寝所の戸が開いた。

「それではお暇《いとま》いたしますわ、陛下」

女が襟元を直しながら出てきた。部屋の中に半裸の男が見えた。当然、庚の嵩徳王だろう。昼間から情事とは聞きしに勝る。すぐに戸は閉められたが、生気のない目と土気色の皮膚が見て取れた。日焼けなどではなく、内臓の状態が悪いのではないかと思った。

寝乱れた髪のまま女は後宮へと向かう。天令の身には判断つきかねるが、性的に魅力のある女なのだろう。体もくどいほど凹凸がはっきりとしている。

（……あれが月帰か）

傾城《けいせい》の美女を見送り、那兪はなんともいえない寒気を感じた。

(もしかして……あれは)

疑惑をうまく言葉にできない。人界に長くいると天令としての勘が落ちてくるようなところがある。

天にいれば神属となり、地にいれば人属となる――気をしっかり持たなければならない。

官吏と宦官らの働きを見て戻るとしよう。王があの調子ではろくなものではないと思うが、この目とこの耳で確かめていくのだ。


西の空が暖色に染まっていた。

王城から蝶のまま戻る。天令万華は天令によって姿が違うが、やはり蝶は効率がいいとは言えない。何故天はこんな姿にしたものやら。

だが空を飛んでいると街の全体像がつかみやすい。城は街の中央にあり街全体の五分の一を占めている。聞老師の家は西の郊外にあった。

玉の場所はわかる。飛牙は老師の家と裏の竹藪を何度も往復しているようだった。上空まで来ると、竹藪にある井戸で飛牙は水を汲んでいた。おおかた、老師か小娘に頼まれたのだろう。だから居候はやめておいたほうがいいのだ。一日中水汲みをしていたのか、飛牙はその場にしゃがみ込んだ。腰をさする。人は人だ。

疲れたのならそれも当然だろう。玉を迎え入れていようが、人は人だ。

那兪は井戸の近くの木陰に降りると人の形になった。

「な——那兪か」

腰の曲刀に手をかけている飛牙がいた。気配を感じて臨戦態勢に入っていたらしい。

「おどかすんじゃねえよ」

刀の他にも帯や手甲に投擲《とうてき》用の短剣を仕込んでいる。逃げ続けるには知恵と力がいる。これでも歴戦の強者《つわもの》だった。

「そなたこそ何をしている」

「化粧水作って後宮に卸すんだとさ。こんなもんただの水だぜ。あの老師、学者に見えてなかなか商売人だよ。公金を使うから自分の懐は痛まないって連中を鴨《かも》にするってのはいい考えだよな。参考にさせてもらうかな」

詐欺師に泥棒、王様はなんでもやって生きてきたのだろう。

「国を滅ぼす考え方だな」

「庚は俺の国じゃねえし。で、おまえは一日中ひらひらしてたのか」

言うべきかどうか、少し逡巡《しゅんじゅん》した。

「……城内に入ってみた」

飛牙は目を瞠《みは》った。

「そうか……何か面白いものはあったか」

「欺瞞《ぎまん》と退廃。あとは陰謀のにおい」

飛牙は眉根《まゆね》を寄せた。

「欺瞞と退廃はまあわかる。だけど、陰謀ってのはなんだ？」

においは説明が難しい。

「はっきりとはわからないが、良からぬものが暗躍しているようだ」

「なんだよ、良からぬものって」

「だからそれがわからないと言っておるだろうが」

天令は人の心など読めない。

「まあいいや。まず水を運んで、部屋でゆっくり話を聞かせてもらうわ」

飛牙は桶《おけ》を持った。ずっしりと腰にきたようで顔をしかめた。

「そなたの国ではないのだろう。何故、関心を持つ」

「ん……いいじゃねえかよ。なんか商売のネタになるかもしれねえだろ」

インチキ商売のネタなど誰が提供するか。

「そなたに話す筋合いはない。玉を返せ」

玉を返せ、はもう挨拶のようなものだと思っているだろう。こちらの訴えをまともに取り合う気がないのが腹立たしい。

「長いこと旅してきた深い仲だろ。固いこと言うなって」

「たわけ。玉を人質にされたから仕方なく一緒にいるだけだ」

「ほら、長年体の一部だったから、なくなると淋《さび》しくてさ」

胸に手をおいて目を閉じる。しょうもない演技を見せられ、余計に腹が立った。

「適当なことを言うな。玉は体内では光でしかない」

「そうなのか。どうりで存在感がないっていうか」

「いらないなら返せ」

「虫は言うこと聞いてくれるのに、おまえは聞いてくれないな」

「虫ではないっ」

「ほら行くぞ。蘭曜と喧嘩《けんか》するなよ」

よろめきながら水を運んだ。

「祖国だという愛着もないのにこんなところに戻ってきて、そなたは何を考えている？」

見つかれば、たった一人に全軍が押し寄せてくるのだ。

「さあ。わかんね」

わかっているはずだ。この世にただ独り、生きるだけで精一杯の男にできることなど何もないと。

「虎の次は飢骨《きこつ》にでも喰われたいのか」

「大干ばつになっているらしいな。出なきゃいいんだが」

飢骨は大災厄の前触れでもある。あれが出ることによって民は追い詰められ、王を憎む。世は荒《すさ》み、陰鬱《いんうつ》な空気が淀《よど》みとなって人外異形が生じる。王が政道を正さない限り、悪循環は止《と》まることがない。

（もう少し様子を見たほうがいいのか、天の裁量を仰ぐべきか）

那俞は水の入った桶の持ち手を摑《つか》んだ。よたよた運んでいては日が暮れる。

「へえ、どういう風の吹き回しだよ」

「……天令は効率を重んじる」

それだけのこと。

「理由はどうでも、二人で持つ桶はやっぱり楽だよな」

生きる術《すべ》の一つだったのだろうが、くったくなく笑った顔は悪くない。天令は天の手足。手足に独自の想《おも》いがあってはならないというのに。

（流されるな）

それでなくとも他の天令から、昔から人間に肩入れしすぎると注意を受けてばかりいた。いつまでたっても半人前扱いだ。

私は出来損ないなのかもしれない――常にその葛藤《かっとう》があった。だが、天令として生まれついた以上、他に生きる道はない。

第三章　襲来

一

細い陶器に入った化粧水が百本と裏の山でとれた薬草。それを大八車に載せ、前で飛牙《ひが》が引っ張り後ろで蘭曜《らんよう》が押す。

「あんたの弟は手伝う気ないわけ？」

蘭曜は不満を口にした。

「用事があってな」

今日も夜明けと同時に消えた。朝日にまぎれて光になって飛んでいったところを見ると遠出だろう。

「あの子、あたしのご飯になんか文句あるみたい」

「言ったろ。仙人目指してるから霞《かすみ》とか山に生《な》ってる果物とかしか喰《く》わないんだよ。

蘭曜のメシは絶品だ。老師の健康にも気をつかってるのがわかるし、たいしたもんだよ」

お世辞ではなかった。言動に問題はあるが、そこは事実だ。

「ん、まあね。自信はあるのよ。だから、あのやせっぽちの小僧っこにも食べさせたかったの。でも霞は作れないもんね。って、育ち盛りがそれじゃまずいじゃないの」

蘭曜は簡単には納得してくれない。

「あいつのことは心配するな。もうそういうふうに体ができてる」

「仙人ってそんなになりたいもの？　あ、翼仙《よくせん》ならいいな。あたしも飛んでみたい」

この地には地仙《ちせん》と翼仙がいる。地仙はほとんどの場合、単なる世捨て人でしかない。長寿で多少の術を使える。翼仙はその名のとおり翼を持ち、空も飛べる。修行を重ね、徳を積んだ者に天が白い翼を授けるという。もちろんめったにいない。

さらにごくまれに黒い翼の者もいる。黒翼仙《こくよくせん》は忌み人とも呼ばれ、悪徳と不吉の象徴であった。それは何故《なぜ》黒翼仙になったかという起因からくる恐怖だった。実在すら怪しく、飛牙も見たことはない。一般的に翼仙と言えば、白翼仙《はくよくせん》のことだ。

「ねえ見たことある？」

「何度かある」

「いいなあ。でも都じゃ見るの無理だよね」

そうとも限らない。翼仙は普段翼を隠しているからだ。公にすることはなくとも、市井にいても不思議ではない。

「どうだろうな。おっと、気合入れて押してくれよ」

丘の上にある城に荷物を運ぶのは楽ではない。驢馬《ろば》を使って運ぶ納入業者にあっさり追い越された。

後宮の裏手には業者が列をなしていた。順番を待ちながら、飛牙は外壁に触れる。中は大きく変わったらしいが、この壁は同じだ。三百年、王城を守った。

「この中には三十人以上の妃《きさき》と百人以上の女官がいるの。もちろん、王様は女官にだって手を出してもいいの。実際は二百人近い女を好き放題。そりゃ溺《おぼ》れるわよね」

蘭曜が囁《ささや》いた。王様の醜聞が庶民にまで届いているらしい。ただし、那兪《なゆ》が後宮で見聞きした話からすれば、嵩徳《すうとく》王の病状はかなり重いようだった。女に溺れている余裕もないだろうが、お気に入りの妃はいるらしい。

「あれも王様からすればけっこう圧力集団らしいけどな」

抱かなければならない女が山のようにいる状況に、父はうんざりしていたようだった。できることなら改革したかったに違いない。後宮は金喰い虫だ。

「まっさか。王様って好色なんでしょ」

「人による」

溺れるか女嫌いになるか。無論、たいていはほどほどのところで身を処している。

「やあ蘭曜。今日は彼氏と一緒か」

集まった業者の中に蘭曜の顔見知りがいたらしく、気さくに話しかけてきた。

「違うって。こいつは飛牙。居候よ。皓由《こうゆ》は反物を持ってきたの？」

皓由と呼ばれた若い男は染め物職人だという。後宮には仕立てを受け持つ宦官《かんがん》と女官たちがおり、納入された生地で妃たちを着飾らせる。

「そ、居候。よろしくな」

「おう、今度呑《の》もうじゃねえか。じゃあな蘭曜、俺は終わったから帰る」

「奥さんによろしくね」

空になった荷車を引き、皓由は去っていった。

「次」

ようやく順番がきて、飛牙と蘭曜は荷車を押して中に入った。

「化粧水ねえ。こんなもの効くのか」

小娘相手に門番がちょっかいを出してくる。

「なんなら使ってみれば。男の肌だってつるつるなんだからね。銀一枚にまけておくから買ってよ」

蘭曜は強面《こわもて》の宦官にも臆《おく》することなく売り込んでいく。

「だけど使っても裏雲《りうん》様にはなれないだろ。顔が違う」

「誰それ」

「うちの色男だよ。そのうえ、瞬く間に出世した切れ者」

裏雲というのは王后《おうごう》とも親しいという宦官だろう。那兪に聞いた。二人の会話を適当に聞きながら、飛牙は侵入できそうな場所がないかと見回していた。あの隠し通路がまだ残っているとは思いにくい。街に抜けるあのときの倉もなくなっていた。とすれば、壁を乗り越えるか、出入り口から堂々と入るかの二択だ。

「へえ、会ってみたいわね」

「まあ無理だな。王后陛下と王太子殿下のお気に入りだ」

この一言はさすがに宦官も声を潜めた。

王后は徐の後宮にいた女らしい。顔を見ればわかるだろうか。とはいえ、今は嵩徳王の后《きさき》だ。

(そしてこちらも見られれば正体が露見する可能性があるということ)

猫が犬になるくらいには人相が変わったと思っているが、人の勘は侮れない。ただ王后陛下はこんな場所には現れないだろう。

「飛牙、終わったから帰るよ」

作業とおしゃべりが終わったらしい。

速やかにその場を離れ、軽くなった車を引いて帰る。懐が温まったせいか、蘭曜は上機嫌だった。

家に戻って荷物にかぶせていた布を片付けようとしたときだった。

「えっ、いつの間に」

蘭曜が驚きの声を上げた。布の下に丸くなった子猫がいたからだ。灰色と青を混ぜたような色をした美しい猫だった。

「人慣れしてるな」

逃げる気配もなく、猫は平然と頭を撫《な》でられる。

「可愛《かわい》いけど……どうしよ」

大きな緑色の瞳《ひとみ》で見上げ、人のツボを心得ているかのように甘い声で鳴く。これには蘭曜も抗《あらが》えなかった。

結局、子猫は聞老師《ぶんろうし》の家の三番目の居候となった。

一方、那俞は庚《こう》国東部の韻郡《いんぐん》にいた。

大干ばつで多数の餓死者が出ている地域だ。すでに百日以上にわたり一滴の雨も降っていないという。干からびて罅割《ひびわ》れた大地が広がっていた。植物は生えたまま枯れている。

（……ひどいな）

人の形となって、立ち尽くす。気象条件に天の干渉など入る余地はない。必要なのは雨乞《あまご》いではなく、対策だ。

この地域の備蓄のための倉はすでに空になっている。生き残った民は少しでもましな土地に移るが、そうすることで移動先も困窮していく。波紋のように飢餓は広がっていくのだ。そして人は獣になる。

とっくに政府が動いていなければならない。王都にはまだ余力があるはずだ。昼間から土気色の顔で女を抱いている場合ではない。

徐王の政策が許せなくて反旗を翻し、庚国が興ったのではないのか。易姓革命などというのが自らを正当化させるための戯《ざ》れ言《ごと》に過ぎないのはわかっている。しかし、これではあまりにも志というものがない。

（天よ……放っておかれるのか）

那俞は空を見上げた。

だが、天も王も動く気配はない。誰がこの国を守るのか。渇いては死に、喰わなければ死に。そんな弱い生き物には重すぎる宿命だ。

地の底からうなり声がする。乾いた地面の罅が大きくなり、大地が裂けた。土煙を上げ現れたのは飢骨《きこつ》だった。

「出たか」

当然だろう。飢骨は餓死した者の魂の集合体。ここら辺にはもう飢骨の餌《えさ》になる生きた人間はいない。狂おしい飢えに突き動かされ、飢骨は人のいる方へ移動を始めた。

人ならぬ者には大きく二種類ある。かつては人間だったものが魄奇《はくき》、最初から魔として生じたものが暗魅《あんみ》と呼ばれる。飢骨は魄奇としてはもっとも厄介な部類になる。

那俞は生命ではないので飢骨も食べようとはしない。見向きもせず、人の匂《にお》いのする方へと向かう。

向こうには衰弱して動くこともできなくなった人たちが取り残されている村がある。だが、那俞には何もできなかった。地上の問題に関与することは許されていない。

「あれは――」

西に大きな鳥影が見えた。飢骨へと向かっていく。

逆光になっていて見えづらいが、それは翼仙だった。人の手足が影になって見える。飢骨の頭蓋骨《ずがいこつ》の前で停《と》まり、両手の指をそれぞれ先端で合わせた。あれは仙道にある者が大きな術を使うときにやる形だ。

あれほど大きな飢骨を倒そうというのか。翼仙ならば可能な者もいるだろう。しかし、自らの命を犠牲にするくらいの覚悟がいるはずだ。今、この荒れた国にそれほど徳の高い翼仙がいるだろうか。

飢骨が音をたてて沈んでいく。再び土中に戻ろうとしているのだ。倒したのであれば粉々になって土に還《かえ》るはず。土煙が消えたときには飢骨の姿もなくなっていた。完全に地面の下に入ったようだ。だが、地鳴りは止《や》まない。

翼仙が西に向かって飛んでいく。それと同時に地鳴りも動き始めた。土中の飢骨が翼仙のあとについていっているのではないか。

ここから西に行けば――

「裴郡《はいぐん》だが……まさか都に向かっているのではないか」

那兪はすぐさま光となって王都へ飛んだ。

二

戸を叩《たた》く音がする。

裏雲は仕方なく気怠《けだる》い体を起こした。無粋なことだ。これでは疲れを癒《い》やす暇もない。宮仕えの辛さよ。

「裏雲様、いらっしゃいますか」

急《せ》かされて寝間着を羽織り、裏雲は戸を開けた。

「何用ですか」

「おお、いらっしゃいましたか。よかった。探しましたぞ。丞《じょう》相《しょう》閣下がすぐにいらしていただきたいとのことで」

「本日はお休みをいただいているのですが」

「急ぎの用件でございますれば、御足労願います」

断れそうにない。相手は現在実権を握る丞相閣下だ。

「着替えてすぐに参ります」

一度戸を閉め、すぐに身支度にとりかかった。丞相なら地味な着物のほうがいいだろう。白の葛巾《かっきん》で長い髪を整える。

裏雲は丞相の執務室へと向かった。

途中、才人の月帰《げっき》と出会った。少し下がり目で蕩《とろ》けるような眼差《まなざ》しを持つ女だ。今、王の寵愛《ちょうあい》を一身に受けている。

「これは裏雲様」

「お励みください。急ぎますのでこれにて」

交わした会話はそれだけだった。充分だった。

「来たか、待っておったぞ」

丞相呉豊《ごほう》は両手を広げて、裏雲を歓迎した。執務室には他に人がいない。人払いしておいたのだろう。

「いかがなされましたか」

「相談したきことがある。座ってくれ」

促されるまま椅子《いす》に腰をおろした。向かい合った男は王に比べて肌つやが良い。自慢の髭《ひげ》もよく伸びていた。王とは反乱軍からの仲で知恵袋でもあった。

「韻郡の干ばつのことでしょうか」

やっと重い腰を上げたのではないかと思ったのだが、すぐさま否定された。

「そんなことはどうでも良い。陛下のことだ」

あれほどの干ばつを「そんなこと」とは。裏雲は顔にこそ出さなかったが、大いに失望した。

「先ほど鼻血を出された。かなり量が多い」

「診察はしていただいたのでしょうか」

「無論だ。脈が弱く、臓器もうまく働いておらぬとか。どんな治療もうまくいかぬ。

最近ではなにやら腐った臭いがしておる」

齢《よわい》四十二と、本来ならば働き盛りのはずだが病には勝てない。

「陛下は呪《のろ》いだとおっしゃっている。呪詛《じゅそ》している者を探して殺せと言われても、これ以上そのようなことをすれば暴動に繋《つな》がりかねない」

「そのとおりです。そもそも王宮にはこれ以上ないほど、呪術除《じゅじゅつよ》けを巡らしておるではありませんか」

王の部屋など蟻《あり》の這《は》い出《で》る隙《すき》もない。外からいくら呪いを放っても無駄だ。

「だが、刻一刻と衰えている。病名もつかぬ有り様。せめて妃らとの関係はお休みくださいと申し上げたのだが、月帰だけは手放せぬと仰せだ」

「よくよく気に入られたものですね」

「体が焼けるようにほてるのだそうだ。月帰の肌は冷たく、抱いていると心地好《よ》いとか」

そんなことまで口にしているのかと呆《あき》れた。

「陛下がそうまでおっしゃるのであれば、我々としてはどうにもできないのではありませんか」

「……このままでは長くない」

丞相はついにその点を言葉にした。

「そうかもしれません」

見え透いた否定はしなかった。

「王太子殿下は未《ま》だ九つ。このような国情が不安定な時期に即位してやっていける歳《とし》ではない」

「殿下なら良き王になられるでしょう。丞相閣下もついていますゆえ」

丞相は首を横に振った。

「王后陛下は私を評価してくださらぬ。他の者を殿下の後見人にと考えていらっしゃるようだ」

なるほど丞相がここに呼んだわけがわかった。王が幼ければ、もっとも権勢を振るうのは王母だ。それは歴史が証明している。

「……おまえなのではないか、裏雲」

予想どおりだった。裏雲は動揺一つ見せない。

「私のような若輩にそのような大役が務まるはずもございません」

「だが、おまえは王后に目をかけられている」

「もったいないことです。ですが、それはただの暇潰《ひまつぶ》しの話し相手。国政を任せるなどありえません。王后陛下は国を憂う賢夫人であらせられます。殿下をお支えできるのは丞相閣下ただお一人です」

疑いは晴れてはいないようだが、丞相は両手で顔を覆った。

「あのような王でも、いるといないのとでは違う……幼王では国はますます荒れる。それを堪えきれるのかどうか」

丞相の手は震えていた。この男は自らの器をよくわかっているのだ。だからこそ、不安でならない。

「今の弱音は聞かなかったことにいたします」

裏雲は席を立った。


丞相の執務室を出る。まだ疲れが抜けていないというのに、泣き言にまで付き合わされるとは。

後宮は広いが、狭い集落に固まっているようなもの。人目につかず何かを行動に移すのは難しい。たまの休みでもこれだ。

「裏雲」

可愛らしい声で名を呼ばれた。見れば木の陰で王太子が手招きしている。

「殿下、どうなされました」

「待っていたんだ。丞相のところから出てくるのを」

王太子に袖《そで》を引かれ、一緒に木陰で話すことになった。あまり人に聞かれたくないことらしい。

「さっき、お母様と一緒に父上のところにお見舞いに行った」

「陛下のお加減はいかがでしたか」

思い出したのか、王太子はぎゅっと目を閉じた。

「おやつれになって……怖かった。私を見てもすぐにはわからなかった」

「朦朧《もうろう》とされていたのでしょう」

「私は以前から父上が恐ろしかった。先生を殺された」

二年ほど前のことだ。王太子に勉強を教えていた学者が処刑された。王にささやかな進言をしたためだった。以来、王を諫《いさ》める者は完全にいなくなった。

「父上は私のことを弱々しいと言う。私は愛されていない」

「猛々《たけだけ》しいだけが王の資質ではありません。殿下は思慮深く賢明です」

可哀想《かわいそう》な子供の涙を拭《ぬぐ》ってやった。

「ここは息が詰まりそうだよ。裏雲、お願い。街に連れていって」

求めに応じてお忍びに付き合ったことはある。王后が許せば短時間なら問題はない。

「そうですね……ですが今日、明日はやめておいたほうがいいでしょう。そのうち

「……」

「どうして？」

子供を納得させる言い訳は難しい。

「日が悪いのです。良き日を選びましょう」

「ただの散歩だよ」

「外は危険に満ちています。今日のところはお部屋にお戻りください」

「……わかった」

納得はしてもらえなかったようだが、言うことは聞く。この世でもっとも幸せだと思われている子供にも諦《あきら》めなければならないことは多い。

「お送りしましょう」

どれほど王太子がいじらしくとも、絆《ほだ》されてはならない。そう自分に言い聞かせなければならないほどには、情が移っていることを自覚していた。

三

「みゃん、お腹《なか》すいてる？」

紛れ込んだ子猫に適当に名前をつけ、蘭曜はことのほか可愛がっていた。残念ながら飛牙にはあまり懐いてくれない。

「なんか俺、嫌われてないか」

子供の頃から生き物には好かれるほうだ。獣心掌握術を身につけられたのもそれが大きいのではないかと思っている。なのにこの猫には少し避けられていた。

「那兪にも近づかないから、男嫌いなんじゃないの」

確かに那兪には近寄りもしない。偽兄弟揃《そろ》って嫌われている。

「老師には甘えていたけどな」

「あのくらいの歳になれば性別なんてないわよ」

猫を抱きながら、かなり失礼なことを言う。

もっともここにいつまでもいるわけでもないので、蘭曜と老師にとって良い猫ならそれでいい。そんなことより、戻ってきた那兪が先ほどより黙りこくっているのが気になっていた。

「なんか隠しているだろ」

夕暮れの裏庭で佇《たたず》んでいた那兪に話しかけた。

「すべてをさらけ出さなきゃならないような間柄か。玉《ぎょく》が人質になってなければ一緒にいる理由もないというのに」

このとおりかなり苛《いら》立《だ》っていた。間違いなく遠出して何か見てきたのだ。

「見てきたものを教えてくれよ」

「別に、何も見てない」

「天令《てんれい》ってのはみんなそんなに嘘《うそ》が下手なのかよ」

睨《にら》み付《つ》けられたが、飛牙は怯《ひる》まなかった。

「かなりやばいことがあったんだろ。何があった？」

「言えばそなたは動く。地上への干渉に繋がりかねない」

この天令は二言目にはそればっかりだ。

「言えっ、何が起きる？」

絶対にとんでもないことを隠しているのだ。それが感じられる程度には長い道中付き合ってきた。

「……飢骨が現れた。土中を這い、おそらく王都に向かっている」

限界まで双眸《そうぼう》が見開かれた。

「都に飢骨が出たことは一度もない。少なくとも徐の歴史の中では」

王都泰灌《たいかん》にはめったに魄奇や暗魅は現れない。それこそが王の徳の証《あかし》だとも言われていた。流民が王都に流れてくるのも当然だろう。

「はっきりとはわからないが、翼仙が導いたようだ」

「なんで翼仙がそんなこ――？」

地面が震えた。遠く地鳴りが聞こえてくる。

「来たようだ」

「ここには人が溢《あふ》れている。喰い放題になっちまうぞ」

飛牙は音のする方へ駆け出した。

「逃げろ、巻き込まれる」

「ふざけるな、俺の王国だっ」

たとえ狩られても追われても、その想《おも》いが完全に消えたわけではなかった。

飢骨が現れるということは民が飢えて死んでいるということ。つまり王が民を守っていないということだ。

揺れる地面に足を取られながら走る。地の底からうめき声のような音が響き渡る。人々が悲鳴を上げて逃げ惑う。街は混乱を極めていた。

地鳴りが止まり、家屋が次々と倒壊するほど大きく揺れる。飛牙も立っていられなくなり、一旦《いったん》その場にしゃがんだ。東の方から凄《すさ》まじい土埃《つちぼこり》が立ち上った。街を覆い尽くすかのような土埃が消え始め、そこに巨大な骸骨《がいこつ》の上半身が見えた。

「……でかい」

飢骨には足も骨盤もないが、それでも人の十倍ほどの高さがあった。両手で這い進み、逃げる人を捕まえる。骨に一部毛や腐肉が張り付いていて、その恐ろしさは見ただけで動けなくなるほどだった。

噛《か》み砕かれた人間がバラバラになって落ちてくる。喰ったものが入る腹もないのに、飢骨は人間を喰い続ける。周りに人がいなくなると両手を使って上半身だけの体を動かした。背骨が尾のように引きずられ、建物が潰《つぶ》されていく。

王城から兵たちが出撃し矢を射かけるが、効果は上がっていない。それどころか兵が喰われてしまう。

飢骨は満腹になれば崩れ落ちて消える。だが、いったいそれまでにどれほどの生《い》け贄《にえ》を捧《ささ》げなければならないのか。

飢骨の骨は硬くなまじの力では砕けない。やろうと思ったら、兵士が数百人犠牲になるだろう。なによりそこまで犠牲的精神を発揮できる兵が今この国にいるのか。

足下で猫の鳴き声がした。気付くと子猫が崩れた瓦礫《がれき》に挟まっていた。見れば、老師の家の新入りではないか。

「おまえいつの間に」

ついてきたのだろうか。すぐにみゃんを助け、埃を払ってやった。幸いどこにも怪《け》我《が》はない。

「逃げろ。あいつは生きてるものならなんでも喰うぞ」

好物は人間だが、そばにいれば牛や馬も喰う。暗魅ですら喰ったという話もあるらしい。

みゃんを脇《わき》に置き、飛牙は飢骨に近づいていった。

「来いよ。俺と遊ぼうや」

周りが逃げていくのを確認し、手招きをした。無駄とわかったうえで曲刀を構える。

（どうする？）

とりあえず、戦い方を考えてみた。もっとも何をやっても勝てる気はしない。恐怖なのか胸が疼《うず》いた。

飢骨は穴のあいた目で飛牙をとらえた。意外な速さで骨の指が迫ってきたが、飛牙の目の前で動きが鈍る。飛牙はすぐさま飢骨の背後に回り込むと階段のような背骨を駆け上がった。

飢骨は振り落とそうと暴れるが、飛牙はしがみつき頭蓋骨を目指す。何が弱点かもわからないならこの曲刀を脳天に突き刺してやろうと思った。

「苦しいだろ、あの世に逝《い》っちまおうぜ」

なんなら喰われてやってもいいからさ――これで死ぬなら父母も悧諒《りりよう》も皆も許してくれるだろう。

（ほんとに死ぬぞ、これ）

これを待っていたのかもしれない。このために戻ってきたのかもしれない。

興奮だろうか、胸が熱くなってくる。歯で刀を咥《くわ》え、頭蓋骨の鍔に足をかけ、飛牙は飢骨のてっぺんまでよじ登った。

骨のどこから出すのか、飢骨はうめき声を上げた。よくわからないが、こいつは弱っている。

(どうせなら、倒して死にてえよな)

こんなに楽しいことはない。飛牙は笑っていた。飢骨は解放される。街の者は助かる。俺は死ぬ。こんな最高なことがあるか。

(初めて王様らしいことができる)

曲刀を振り上げると、思い切り脳天に突き刺した。

今ならわかる。死にたくなかったのは死に場所を探していたからだ。

飢骨が震えた。地が揺れる。頭蓋骨が天を仰ぎ、空に届くかのような悲鳴を上げていた。それはまさしく数百数千の餓死者の叫びであった。

「楽になれよっ」

曲刀にしがみつき落下を免れていた飛牙は飢骨に言い聞かせるように叫んでいた。

胸が中から焼けるようだった。

(……玉の力なのか)

飢骨はあばら骨を掻《か》き毟《むし》るような仕草をみせたかと思うと、飛牙を摑《つか》もうと手を頭上に伸ばしてきた。が、触れることもできず、指先から順に崩れていく。最後に曲刀が刺さったままの頭蓋骨が崩れ、骨粉が舞い上がり四方へと広がった。

辛くも飛《と》び退《の》き、骨の下敷きになることを逃れた飛牙は、舞い上がった骨粉に咳《せ》き込《こ》んだ。

（土に還ったか）

飛牙はその辺に倒れていた子供二人を抱え、急いでその場を離れた。

なにはともあれ、死にそこなったらしい。人とは面倒くさいもので、助かったら助かったでありがたかった。死に場所に拒まれたなら仕方がない。

住人たちは遠巻きにいろんなものの混じった埃が収まるのを見守っていた。助けた子供は親を見つけたらしく駆け寄っていく。

「……あんたがあいつを倒したのか」

膝《ひざ》をついて咳き込んでいると、数人の男たちが声をかけてきた。畏怖《いふ》の眼差しで見下ろされ、飛牙はなんとか立ち上がった。

「んなわけねえだろ、知らねえよ」

「でもあんたが刀で――」

「弱ってたんだろ。偶然だ」

変に目立つとまずいことになる。顔を覚えられる前にすぐにその場を立ち去った。負傷者の救助くらいは兵がやるだろう。

すっかり夜になっていた。

満月を少し過ぎた月が破壊された街を照らしていた。ごった返す道の途中で少年が立っていた。銀色の髪を隠しもしていない。土埃で誰もが髪を白くしているので、問題はなかった。

「ひどい格好だ」

那俞が言った。

「そなたがあれを倒すとはな」

「いや、飢骨は俺を喰えなかった。喰おうとして粉々になった」

「……なるほど」

「玉か」

那俞は踵《きびす》を返して歩き出す。飛牙も横に並んだ。

「そういうことだ。万能ではないかもしれないが、玉は魔除《まよ》けだったということだ」

その言葉がすっと胸に入ってきた。そう考えれば納得できることが、今までいくらでもあった。

「朱雀《すざく》玉は都を守っていたんだな」

魔物からは守れても人間からは守れなかったが、それは王が為《な》すべきことだった。遠く玉の力が及ばない土地は被害を受けやすい。こういう格差が不満を生む。反乱の狼煙《のろし》が地方から上がるのは当然だった。

「そうだとわかっていれば、今までだって玉を使って魔物を倒せたかもしれないのに、天はなんで言ってくれなかったんだ」

ここまでの実用性があれば地方に現れた魄奇や暗魅を退治することに役立てられただろうに。それを後生大事に城の中にしまっておいたのだ。

「そのくらい普通に気付くだろうと思ったのではないか。天は人を買いかぶりすぎていたのだろうな」

「察しが悪くてわるかったな」

長い歳月の間におそらく〈宝玉にしてお守り〉などという漠然とした扱いになっていったのではないか。はっきりわかっていたら徐国は滅びなかったかもしれない。

（……今更だな）

顔に手を当てたらべったりと汚れがついた。これなら人相もわからなかっただろう。これほどの混乱にあってはこの会話も誰かに聞かれる心配もない。

「それにしても飢骨に挑むとは。腐っても王だな」

天令様に褒められたのだろうか。

「そうでもねえ。俺、死にたかったんだよ。あそこで死んだらちょっとは格好いいだろ」

理解できないというように那兪は首を振った。

「そなたがいなければ、飢骨は街を喰いつくしたのかもしれない。つまり私が〈寿《じゅ》白《はく》〉を助けたことでこの国の運命は大きく変わってしまったのだ。私は天の罰を受けるかもしれない」

「そうなのか」

天と天令の関係はよくわからない。もしそうなったなら申し訳ない。

「こちらの問題だ。そなたは黙って玉を返せばよい」

「返したらこの国はどうなるよ。天がどうするかはわからないんだろ」

天令には否定できなかったようだ。

「……天には天のお考えが」

「うるせえよ。こんなことがあるなら尚更《なおさら》返せねえだろ」

これほど役に立つものなら地に置き、使い倒さなければならない。

「飢えを作り飢骨を生んだのは王だ。そこを正さなければならないのではないのか」

「ぶっ殺せばいいのか。王太子は餓鬼なんだろ。また戦乱になって滅《め》茶《ちゃく》苦《ちゃ》茶だ」

なにより王を倒す手段もない。王は呪術除けを張り巡らした王宮から一歩も出ないという。当然警備も手堅いだろう。

「私は何も言わぬ。言えば干渉になる」

こいつはそればっかりだ。この光景を見ても何故そう言えるのか。天令に感情を求めるのは間違っているのか。

だが、罰を受ける可能性があるというなら、やはり責められない。

「……天なんぞに誰が頼るか」

死体をまたがなければ進めない。履物は血で染まっている。

落ちぶれた王様としてはずいぶんと活躍したつもりだが、結局は死者の数を減らしたに過ぎないのだ。

動かない血だらけの赤ん坊を抱えて泣き叫ぶ女がいた。何もできないまま、通り過ぎる。それでも女の慟哭《どうこく》はいつまでも聞こえた。

老師の家に戻っても、女は飛牙の頭の中で泣き続けていた。

四

死者は三百数十人に上った。破壊による損害も大きいが、なにより問題とされたのは、王都に巨大な骸骨が現れたという事実だった。

飢骨が何故生まれるのか、民もわかっている。それがよりにもよって都に現れたのだ。王のお膝元《ひざもと》である都にあれほどの飢骨が出るようになってはおしまいだ、人々はそう囁き始めた。恐怖で押さえつけられていた王政への不満に火がついた。

住む家を失い、瓦礫を片付けながら、民は王への怨嗟《えんさ》を口にする。

──なにもかも愚王のせいだ。

──欲呆《よくぼ》けした無能。

──所詮《しょせん》は山賊上がり。天の加護を得られるはずもない。

庚が興ったときには拍手喝采《はくしゅかっさい》した者も少なくなかったが、掌《てのひら》を返したように憎しみをぶちまけている。

かくして官吏たちは走り回っていた。復興するための予算を組み、計画をたてるが遅々として進まない。彼らは自ら率先して動くことに不慣れであった。優秀で指導力のある役人はとっくに殺されている。

兵たちは負傷者を助けながら略奪もしていた。そうした様子に民の憎悪はことさら募っていく。

庚は倒れる。

わずか十年で。

国は築き上げるものだ。看板をつけただけでは意味がない。身の程知らずにできることなど破壊と殺戮《さつりく》のみ。

(後悔などしない)

裏雲は何の感慨も持たなかった。

「――裏雲殿?」

問いかけられ、裏雲は我に返った。無残に荒れ果てた都に、少しばかり思うところがあったのだ。

「ああ、すみません。私としたことが」

「いえいえ、お疲れでしょう。私もあれから五日。家に戻れておりません」

官吏は溜《た》め息《いき》交じりだった。

「後宮の保全維持がお仕事だというのに手伝わせてしまいました。実は多くの者がこれほどの大事に対応できる経験も能力もないのですよ。丞相閣下も全力をあげて取り組めと言うばかりで、具体性がなく」

「しかし、かなり大きな飢骨だったと聞きます。それを考えれば被害は少なかったのではありませんか」

裏雲は疑問を口にした。

「はい、不幸中の幸いだったのです。半刻《はんとき》ほど暴れて崩れ落ちたのですよ。私は城壁の見張り台からその様子を見ていたのですが、なんとも不思議な話で、飢骨はある男を食べようと手を伸ばしたのですが、その男はなんと飢骨の背骨を駆け上がっていきました。飢骨は頭に剣を刺され指先から崩れていったのです。まるでその男が倒したかのように見えました」

裏雲は眠い目を見開いた。

「……その男とは何者ですか」

「さあ、若い男だったとは思いますが、なにしろ顔も着物も埃まみれで。いやいや、飢骨はおそらく満腹になって尽きただけでしょう。なすすべもなく天に祈っていたものですから、つい英雄を求めてしまったのかもしれません」

死者の多くは飢骨が現れる直前の地震による家屋の倒壊に巻き込まれたものであって、喰われた者は少数だと聞く。それで満腹になっただろうか。

「とはいえ都にあんな代物が出てしまうようでは……先行きが不安で仕方ありません。陛下はお元気でもご病気でもまともな政務はしてくださらない」

「ぼやいていても仕方ありません。この機会に道幅を広げましょう。ある程度高さの規制も必要かと思います」

「道幅を広げるのは敵に攻め入られやすいとも言いますが」

「敵とは？」

「いえ、その……易姓革命の折もこの街は攻めにくかったと聞きます」

「反乱軍が現れたのですか」

官吏は慌てて頭を振った。

「そんなことはありません。我が王が治める国に謀反などあるはずもございませぬ」

「そう。陛下は反乱の芽を徹底的に潰された。その点に関しては優れた手腕をお持ちでした。つまり問題はありますまい」

「はい……そのとおりで。ではそのための資金ですが……」

官吏は額の汗を拭った。

「税を上げればますます民は反発します。まずは後宮の祭事に使う分を回すのがよろしいかと。こちらも耐えていることを示さなければなりません。凶事の被害者の喪に服すと言えば文句も出しづらいでしょう」

「それは助かります。やはり相談できるのは裏雲殿だけですよ」

誤解されやすいが、何事にもひたむきで真面目《まじめ》な性格だ。こんな仕事ももちろん手を抜かない。もう少し融通がきけばどんなによかっただろうか。裏雲は笑いたくなってくるのを堪《こら》えた。

しばらく打ち合わせをして後宮に戻った。

この中はまるで別世界。外がいかなる地獄でも、花は咲き乱れ、女たちは艶《えん》を競い合う。何事もなかったように時間が過ぎるだけだ。

花の陰から土埃にまみれた小さな猫が出てきた。

「ご苦労様。話はあとで聞くから休んでいなさい」

しゃがんで話しかけると、猫は肯《うなず》いて去っていった。

忠実な僕《しもべ》は何かを摑んで戻ってきたらしい。報告が楽しみだった。

「裏雲様、申し訳ありません」

女が一人駆け寄ってきた。確か、王太子付きの侍女だ。

「どうなさいました」

「それが……殿下がそこにいらっしゃいまして」

城壁の見張り台を指した。そこからは東側の街並みが一望できる。

「飢骨に破壊された街が見たいとおっしゃって、ずっと見下ろしておいでなのです。そちらから見える街はひどい有り様ですのでお止めしたのですが」

侍女は心配のあまり通り掛かった裏雲に助けを求めてきたようだ。

「わかりました、私が話しましょう。あなたは殿下のためにお茶の支度でもしておいてください」

ほっとしたように侍女は肯いた。そそくさと戻っていく。裏雲は階段を上り城壁に立った。

眼下には無残に破壊された街がある。人々が片付けに追われていた。

「殿下、冷えますよ」

小さな背中に話しかけた。

「裏雲……」

振り返った子供は泣いていた。

「大勢の人が死んだんだよね。私は王太子なのになにもできない」

裏雲を見て緊張が解けたのだろう、しゃくり上げるように泣きだした。

「殿下のお仕事は勉強することです」

「わからない。だって、修練どころじゃないと思う。私にだって傷口に軟膏《なんこう》を塗ってあげるくらいできるのに。一緒に瓦礫を片付けるくらいできるよ」

泣かせることを言ってくれる。こんな偽りの花園で生まれ育ったとは思えないほど心根の優しい子供だった。

「人は自力で再生するしかありません。助けてくれた者を踏みつけても」

「怖いよ。どうしてそんなことを言うの」

確かに輝く子供に言うことではない。

「失礼しました。殿下がお優しいので心配になるのです」

「優しいと駄目？」

「いいえ、素晴らしいことです」

ただその素晴らしさは王太子を幸せにしないかもしれない。

「怖いんだ。飢骨に食べられた人はどんなに恐ろしかっただろうか。痛くて怖くて、こんなひどい死に方なんてない」

王太子は唇を震わせていた。

「でも、飢骨だって可哀想だ。誰があんな姿になりたいものか。お腹をすかせたまま苦しんで死んで、そのうえあんな……」

驚いたことに、少年は飢骨を人としてとらえている。

「裏雲、私は弱いけどきっといい王になる。飢骨なんか絶対作らない。ずっと私を支えてほしい。悪いことをしたら叱《しか》って」

裏雲は目を瞠《みは》った。

（また……それを聞くとは）

体の中で黒いものがぐるぐると唸《うな》っている。無辜《むこ》の魂はこの身には毒。

「殿下は人を見る目を養わなければなりません。私を信じてはいけない」

「……裏雲は私のことが嫌い？」

困惑した子供はどんな美女より悩ましい目で見つめてくる。

「好きすぎて困っていますよ。戻りましょう。正しい者にいつだって風は冷たい」

王太子の背中を押して、階段を降りる。

一度だけ振り返って王都を見下ろした。飢骨に潰された街はあの日を思い出させた。国を滅ぼす山賊の軍団が押し寄せてきたあの日を。

第四章　黒い翼

一

死者は弔われ、街がいくばくかでも落ち着きを取り戻してきたのは飢骨《きこつ》襲来から六日ほどたってのことだった。

飛牙《ひが》は街の片付けの手伝いをしていた。その間、耳にたこができるくらい王の悪口を聞いた。徐の末期もこんなふうに言われていたのだろう。たまに身勝手な民が憎くなることもあった。だが、飢骨が都を襲うという前代未聞の惨事にあっては誰ですら嵩徳《すうとく》王を擁護することはできない。

路傍に座り、汗を拭《ふ》く。王城だけは何事もなかったようにそびえ立っている。城から出された救援物資は申し訳程度だった。この調子では、再び飢骨が湧《わ》いてきても不思議ではない。

「飛牙、ちょっといいか」

一緒に瓦礫《がれき》を片付けていた晧由《こうゆ》から声をかけられた。街の青年団のような組織に属しているらしく、率先して働いている。

「おまえ、よかったら今夜の集会に参加してくれないか」

これは困った誘いだ。互助会的な青年団は最近色合いが変わってきているという。詰まるところ王政に対する抵抗組織になりつつあるのだ。そんなものに飛牙が安易に参加できるわけがない。

「それはやめておく」

「おまえだって今のままがいいと思ってないだろ。立ち上がらなきゃならないんだよ」

「事が成就したあとはどうする?」

十年前もそう言って国が倒れた。そのあとがこれだ。

「あとのことはあとで考えればいい」

「今年所帯を持ったばかりだろ。おまえもやめとけ」

少し年上の女で、何年かかけてようやく口説き落としたと聞いている。

「だからこそ、こんな国じゃ駄目だと思うんだよ」

未来を夢見るまっすぐな若者は飛牙にはきつい。それこそ吐き気がしてくる。

「で、おまえが王になるのか」

「まさか」

晧由は吹き出した。

「でも、そこだよな、問題は。徐《じょ》王の遺児でもいれば担ぎ出せるんだが」

周りに気をつけ声を潜めているとはいえ、昼日中道端で話すことではない。露見したら首が飛ぶ。

「いたとして担ぎ出してうまくいくのか」

「徐は三百年続いて天が認めた国だ。大義名分がたつだろ。飾り物にして実際の仕事は丞相《じょうしょう》と官吏がやればいいんだ」

笑い飛ばしたいような、殴りかかりたいような、ひどく複雑な気持ちだった。

「それじゃ今と何が違うんだよ」

飛牙は立ち上がった。聞かなかったことにしておくのが親切というものだろう。義憤にかられた街の若者が何人か集まったところでどうせたいしたことはできない。酒を飲みながら愚痴を言う程度だ。しかし、本当に徐王の遺児が加われば洒落《しゃれ》では済まなくなる。

「やらなきゃ始まらないだろ。おまえは人好きもして要領もいい。参加してくれれば俺たちも動き出せる」

「民衆を騙《だま》せるペテン師がほしいのか」

「そんなことは言ってないだろ」

晧由は顔をしかめた。

「帰るわ。だいぶ片付いたし、手伝いはこんなもんでいいだろ」

晧由を残し、飛牙はその場を去った。

後ろでまだ何か言っているが、関わらずにいたかった。飛牙はこの国の現状を確かめるために戻ってきた。想像以上にひどいものだった。

だからどうするのか。

何かできるのか。

骨の髄まで絶望が刻み込まれている。革命だの王政だの二度と関わりたくもない。

同志などいらない。

老師の家が一軒あるだけの郊外まで戻ってきて、肩の上の蝶《ちょう》が囁《ささや》き始めた。

――またとない話ではないのか。

「何がだよ」

――要するに徐を再興させようとしているのだろう、あの者は。

「徐が駄目だから庚《こう》。庚が駄目だからまた徐。その根性が気にくわねえ。なんだよ、飾り物って」

──飾り物にならなければいいだろう。利用すればいい。そういうのは今のそなたの得意技ではないのか。

「民衆を騙せってのか。おまえ、俺をなんだと思っているんだよ。だいたい、天令様《てんれいさま》は干渉しないいんじゃなかったのか」

──思うもなにもそなたがわからん。再興したい気持ちがわずかなりともあればこそ戻ってきたのだと思っていたが、死に場所が欲しかったと言う。

「利用するのもされるのもうんざりなんだよ。王様になんかなりたくもねえ。戻ってきたのは……なんか胸が騒いでどうにもならなかったんだけどよ、結局は感傷だったのかもしれねえ。笑え」

少しばかり捨て鉢になっていた。おのれを筆頭にこの世のなにもかもが嫌だった。適当に軽く生きようとしても、過去のかさぶたが疼《うず》いてひっかきたくなる。

──なら玉《ぎょく》がそなたを王都に誘ったのだろう。

「玉に意志があるのか」

──天の意志が反映しているのかもしれない。

馬鹿馬鹿《ばかばか》しい。今更、天がなんだというのか。くさくさとした気分は晴れない。

「知るか。玉をどうするかは俺が決める」

──勝手にしろ。

「いいのか？」

――どのみちそなたの同意がなければ取り戻せないのだ。だが、そなたが何をしようと私は助けることはない。

「それでいいさ。俺なんか助けたってろくなことにならねえよ」

――想像はつくが、この十年で何があった？

「驚いた。聞きたいのかよ」

――聞いてやってもよい。

飛牙は肩の上の澄ましている蝶を見て苦笑した。

＊　＊　＊

今日、また一人死んだ。

残る兵は趙《ちょう》将軍を含め六人となった。もはや、再起など叶《かな》うはずもない。徐国滅亡から四年。誰一人、希望を口にしなくなっていた。将軍もこの不肖の王も。

簒奪《さんだつ》者石宜《せきぎ》に関してはいい噂《うわさ》は聞かない。術師と知識人を処刑し続けているという。復興のための一時的なものと言いながら、上がった税は下がらない。いっとき、革命に酔っていた民の目も醒《さ》めていた。

解散してそれぞれの道を行くべきなのではないか。私と一緒にいるだけで未来はない、彼らは狩られ続ける——それが偽らざる気持ちだった。だが、寿白《じゅはく》にはそれを口にする資格はない。死んでいった者も生き残った者も裏切ることになるからだ。

自分は瀕死《ひんし》の負け犬だ。それでも、この期《ご》に及んでなお、裏切り者にだけはなりたくなかった。それが徐王としての最後の矜恃《きょうじ》だった。

「寿白様、すみません」

「いいから休んでいて」

世話係の慶沢《けいたく》が体を壊していた。溜《た》まった疲労と栄養がとれないせいだろう。まだ二十歳前なのに痩《や》せた体は老人のようだった。

「すまない……何もしてやれなくて」

慶沢を助ける手立てがあるとすれば、死の行軍から解放することだけだ。このままだと慶沢まで見送ることになる。

もう終わりにしよう、と誰かが言ってくれればいいのに。

「お役に立ちたかった。寿白様と城に戻りたかった」

横たわったまま慶沢が涙を流した。

「目を閉じると浮かんでくるんです……あの美しかった都が。川縁《かわべり》の桃の花がそれは見事で、私は隣の家の娘とよく一緒に歩きました……夫婦《めおと》になるつもりでいました」

慶沢は最近くり返すようにこの思い出を語る。苦労をかけた兵に幸福の記憶を聞かされるのは、寿白にとって辛いものであったが、黙って耳を傾ける。

「蓮稍《れんしょう》はまん丸い顔をして、髪によく桃の花を挿していました。最後の日、待っているからと……ずっと待っているからと言ってくれて」

その幸せを奪ったのは寿白だった。

幌《ほろ》をかぶせただけの野営の外から、騒ぎが聞こえてきた。ただごとではないようだ。

「何かあったのか」

寿白が出ていくと趙将軍が血走った目で振り返った。

「二人逃走したのです。私はこれからあとを追います」

趙将軍は激怒していたが、寿白はむしろほっとしていた。こうやって消えていってくれればいい。

「追わなくていい」

「そうは参りません。見逃しては示しがつかない。まして奴《やつ》らは金と食料を奪って逃げたのです。我々の命綱だ」

趙将軍は馬にまたがると逃亡兵を追った。あれほど勇猛果敢、部下から慕われていた武人ももはや完全に人としての余裕を失っていた。

残った兵たちは声もなかった。青ざめ、その場に座りこむ。季節は真冬。まして山の中、南国ではあるが外で眠れば凍死する。国中に手配が回っていて、宿を取ることはできない。誰もがこの冬を乗り切るのは難しいと思っていただろう。

……ここが終着点なのだ。

寿白は野営の中に戻った。慶沢がうっすら目を開けてこちらを見た。

「どう……なさいました」

「なんでもない。慶沢は休んでいて」

もう作り笑いもできない。

(父上、母上……どうか寿白を迎えに来てください)

祈ることはそればかりだった。


日が暮れた頃、趙将軍が一人で帰ってきた。

怪我《けが》はしていないのに血だらけだった。その姿だけで何が起こったのか察した。

「……将軍」

「手向かいしたため、斬《き》るしかありませんでした」

将軍は暗い目をしていた。

「近くまで庚の追討隊が来ているようです」

二人の兵と寿白は息を呑《の》んだ。

「私が自刃する。首を置いて皆は逃げてくれ」

もはやこれまで。寿白は声を振り絞って言った。どれほどこれを言いたかっただろう。

「それはなりませぬ。私に策がございます」

覚悟を決めたように、将軍は少し落ち着きを取り戻していた。

「慶沢」

立ち上がることもできず臥《ふ》せっている若者の名を呼んだ。

「そなたの首をくれ」

「……はい」

すべてを心得たように慶沢は応える。寿白は目を見開いた。自分が死ぬと言っているのに、何故《なぜ》こういう話になるのか。

「馬鹿な」

「寿白様——いえ陛下。どのみち慶沢は助かりませぬ。ならば慶沢の首を陛下の首ということにしてしまうのです。幸い歳《とし》も近い。賊どもには判別などつきません」

寿白は心底震えた。これほど世話になった慶沢を自分のために殺すというのか。それくらいなら捕まって公開で処刑されたほうが遥《はる》かにましだ。

「……嫌だ」

「これしかないのです。死んだことになれば追われません」

「だからって慶沢を」

もう自分のために誰一人死んでほしくないのに。

「私はあと……何日も持ちません。陛下の、身代わりで死ねるなら本望でございます」

慶沢は息も絶え絶えに言う。

「……嫌だ」

「ご安心を。この者を一人では死なせませぬ。私も死にます。陛下のお品と趙将軍の首もつけば敵も信用するでしょう」

焚《た》き火《び》が趙将軍の疲れ果てた顔を照らしていた。この者も死にたいのだ。ずっと死に方を考えていたのだ。

「おまえたちは流れ者に身をやつし、我らの首を庚軍に売りつけろ。思い切りふっかけてやるといい」

二人の兵は絶句していたが、黙って肯《うなず》いた。

「陛下は一人でお逃げください。一人なら流浪の孤児で誤魔化せるでしょう」

目を潤ませ寿白は将軍の手を取った。

「嫌だ、私だって死にたい。もう耐えられない」

こんな情けない言葉を吐いたのは初めてだった。今まで堪《こら》えていたものが音を立てて崩れていく。身も世もなく泣いていた。

「奴らは騙され、陛下は生きておられる。そう思うだけで私も慶沢も少しは安らいで死ねるのです。どうか生きてくだされ」

寿白にとってそれはもう呪《のろ》いだった。

生きろという呪詛《じゆそ》が、これほど少年王を苦しめるなどとは思ってもいないだろう。彼らはこれで役目を果たし死ねるのだ。

「では、慶沢。先に逝《ゆ》け」

将軍が懐刀を取り出した。死にかけの若者の首をかっ斬る。寿白は声も出ない。目の前の光景を現実と思いたくなかった。

「悧諒《りりよう》、これで会えるぞ」

我が子の名を呼び、趙将軍は自らの首も切り裂いた。野営の中はおびただしい血で染まっていた。二つの亡骸《なきがら》を見下ろし、寿白は半ば正気をなくしていた。

朝方になって、二人の兵は慶沢と趙将軍の首を切り落とした。彼らの精神もまた限界であるように見えた。

「南にまっすぐ行けば五日ほどで郡都小胡《しょうこ》に出ます。どうか……陛下を守り抜いた皆のために生きてください」

生きろ生きろと呪われる。

首を持った二人の男は北へと向かった。寿白もよろめく足で南に向かって歩き出した。まるで幽鬼にでもなったようだ。もっともこのまま死んでも化けて出る力もない。

灰色の空、灰色の山、流れる血は黒くて。

世界は色を失っていた。

どこをどう歩いたか覚えていなかったが、寿白は大きな街に着いた。

国の南西部にある胡郡《こぐん》の郡都だった。華やかで整然とした王都と比べるべくもないが、人の往来は多い。富裕層と庶民、さらにその下、と階層がわかりやすい街だ。だが、今の寿白には何の感想もない。夜になって、汚れた格好のまま飲み屋の裏で横になった。こんな子供はざらにいる。その一人になっただけだ。

腹は減っているのだろうが、食べ物を手に入れる気力もなかった。このまま土に還《かえ》りたかった。

すぐそこで多くの妓院《ぎいん》が軒を連ねる色街が形成されていた。幻想に誘《いざな》うように列《つら》なる灯籠《とうろう》が揺れている。

色街から役人らしき男が二人、出てくるのが見えた。声が聞こえる。

「女では駄目なのだ。しかも宮官師長は素人がお好みでな。十人揃《そろ》えろと仰せだ」

「いきなりそう言われましても明晩までとは。しかも十四、五と限定されては」

宮官師長とは後宮を束ねる宦官《かんがん》の一人だ。後宮に美女を揃えるためにときどき地方へと出張する。地方の様子を王に直接話せる役職でもあるため、ずいぶんともてなしを受けるらしい。要するに賄賂《わいろ》だった。

「満足いただけなければ首が飛ぶぞ」

「困りました。誰でもというわけにもいかぬでしょうし」

ふと上官らしき男が寿白に目を留めた。しばらく眺め、寿白の前にしゃがみ込む。

「おぬし、歳はいくつだ」

「お待ちください。いくらなんでもこんな汚い小僧など」

部下が止めに入ったが、男は黙っておれと取り合わなかった。懐から手拭《てぬぐ》いを取り出し、なすがままの寿白の顔を拭く。

「……どうだ。いけるぞ」

「さすがでございます」

男たちが何を話しているのか寿白にはわからなかった。ただ、何か食べさせてくれるというので促されるまま立ち上がる。

「名前は？」

「……ない」

仕方がない、適当《てきとう》に名前をつけておけ。まずは湯浴みをさせねば。そんな会話を聞きながら寿白は太府《たいふ》公邸へ連れていかれた。

翌日、寿白は飛牙という名を与えられた。つまりは男娼《だんしょう》の名だ。もはやどれほど身が穢《けが》れようともなんとも思わなかったが、小耳に挟んだ噂話《うわさばなし》に寿白は正気を取り戻した。

徐国の王太子と趙将軍の首が都へ運ばれているという。

（ついに……寿白が終わった）

寿白から解放され、少年にやっと動く気力が戻ってきた。

もう誇りの一欠片《ひとかけら》まで砕けた。命などどうでもいい。何者でもない存在として好きにするだけだ。どのみちここにいても争いの元凶にしかならない。

（誰が抱かれてなどやるものか）

夜、供物として捧《ささ》げられる前に、寿白は太府公邸から金を盗んで逃げた。飛牙という名はありがたく貰《もら》っておく。それは男娼の名ではなく、何者でもない一人の少年の名となるのだ。

南へ南へ――死の山脈を越えて異境へと。

――二度と戻ることはない。

二

集会に参加した者たちが捕まったという報《しら》せを受けたのは翌日未明のことであった。

飛牙を誘った皓由とかいう男も捕まったらしい。苛々《いらいら》と爪《つめ》を噛《か》む元陛下の様子を見ながら、那兪《なゆ》は嘆息した。

どうせ、もっと強く止めておけばよかったと後悔しているのだろう。口には出さなくともそれくらいはわかるようになった。複雑怪奇な人生を送ってきたとはいえ、この男の思考は至って単純だ。

「……あの馬鹿」

飛牙が呟《つぶや》いた。

他者の馬鹿さ加減はよく見えるらしい。その客観性を持てないのが人間なのだ。

「でもなんで……ただ集まって鬱憤《うっぷん》晴らしをしてただけなのに。そんな抵抗組織なんて大袈裟《おおげさ》なものじゃないよ」

蘭曜《らんよう》が嘆いた。

「それだけ王宮のほうも切羽詰まっているのであろうよ。堤防も蟻《あり》の一穴から崩れる」

聞老師《ぶんろうし》が腕を組む。

「晧由たちはどうなる？」

「おそらく処刑されるだろう」

聞老師の返答に、飛牙と蘭曜は息を呑んだ。

「でも、別に何もしてないのに」

蘭曜は泣きそうになっていた。

「処刑はいつだ」

飛牙は聞老師に尋ねた。

「わからないが、王にしろ丞相にしろ、こういうことにはせっかちな性格だ。早ければ明日にでもやるだろう」

場は重い沈黙に覆われた。

このままでは飛牙が今日中に助けにいくと言い出しかねない。〈死んでもいい〉が根底にある人間ほど、始末に負えないものはないのだ。ずっと黙っていた那兪も仕方なく発言する。

「明日はない」

絶対の確信を持って言われ、三人が那兪を振り返った。

「雨が降る。公開で処刑をしようというのに人が集まらなければ意味がない」

「なんでわかるのよ」

蘭曜が怪訝《けげん》な目で年下の少年を見た。

「答える必要はない。それより今のうちに雨漏りするところを直しておいたらどうだ——飛牙、ちょっと外に出ろ」

生意気だと騒ぐ蘭曜には目もくれず、那兪は先に外に出た。朝日は昇りきっていて、王都を燦々《さんさん》と照らす。

「雨の話は本当か」

飛牙も半信半疑のようだ。

「人とは天候に対する感度が違う。こういう情報を漏らすのも良くないのだが」

「俺が慌てて助けに行くと思ったわけか」

「そなたは馬鹿だからな」

んなわけねえだろ、と飛牙は引きつったように笑った。

「そこまでするほど親しいわけじゃねえよ。だいたい、それで俺が捕まって正体でもばれたら余計大騒ぎだ。老師や蘭曜にまで被害が及ぶ」

多少は考えていたらしい。他者と知り合うことで守るべき者が生まれる。この馬鹿には寿白を辞めてから今まで、それがなかったのだ。

「今なら、そなたが玉の存在を明らかにし、我こそは真の王なりと剣を掲げればついてくる者はいくらでもいるだろう。だが、そんな気はないようだな」

「ねえよ。いや、あったとしてそれやって何人死ぬんだよ」

「自分のせいで人が死ぬのが怖いようでは、確かに王は務まらんな」

飛牙は今でもその恐怖に縛られている。

「俺は軽薄な臆病者《おくびょうもの》でいいんだよ」

「そなたは飢骨が都に向かっていると聞いて、俺の王国だと言ったが」

かつての王様はばつが悪そうに頭を掻《か》いた。

「勢いだろ……くそ、やなチビスケだな」

玉座を取り戻す気はなくとも、まだ炎がくすぶっているのがわかる。誇りの欠片は砕けてはいない。しかしながら、認めようとしない男にあれこれ言うのも天令の裁量を逸脱している。

（だが、こいつには言いたくなる）

那兪は北西の空を見た。向こうからゆっくりと水の気が来るのがわかる。

「ねえ、あたし出かけるから」

蘭曜が声をかけてきた。

「たぶん、役人が街で目を光らせてる。馬鹿な真似《まね》すんなよ」

「しないわよ。蓮稍が心配なだけ」

その名に反応したように、飛牙は瞠目《どうもく》した。

「……蓮稍？」

「皓由の奥さんよ。元々知り合いだったのはそっちなの」

飛牙の思い出話にちらりと出てきた名だ。確かめずにはいられなかったのだろう。

「俺も行く」


皓由の妻は泣いていた。

夫婦になって半年もたたずこんなことになったのだから無理もない。那兪は蝶になって飛牙の肩に留まり、泣く女を見下ろした。狭い家の中は貧しいなりに、精一杯綺《き》麗《れい》にしており幸せな生活が窺《うかが》える。

「なんで……こんなことに」

「気をしっかりもって、蓮稍」

蘭曜は年上の女の肩を抱いた。

「大きなこと言ってしまう人だけど、実際気が小さいのよ。大それたことなんてできやしない」

「そうだよね、わかる」

「あの人、殺されるの？」

「えっと……まだ、わかんないよ」

蘭曜は言葉を濁す。

「いいえ……あの王よ。生かしてはおかないわ」

蓮稍は両手で顔を覆った。くぐもった嗚咽《おえつ》が漏れる。

「今度こそ……幸せになれるって思っていたのよ。慶沢に皓由……あいつらはあたしからなにもかも奪っていく」

これを聞くと飛牙は静かに女の家を出ていった。

慶沢というのは寿白の身代わりになって死んだ青年だ。その男の恋人だったのが、あの女ということになる。

案の定、飛牙はこの事実を重く受け止めていた。彼にとって過去は払いきれない負債なのだ。あの女は債権者のようなものだった。

「ちっとも丸い顔なんかしてねえ」

確かに女は痩せていた。女にとってもそれほど辛い十年だったのだ。

「……助けるぞ」

――言うと思った。だが、私は手伝わない。

「頼んでねえよ」

――方法があるのか。たとえそなたが投降したところで助けられない。

「わかってら。手段がないわけじゃない」

飛牙は片手を伸ばした。その指先に小鳥が留まった。

三

王の目に留まることだけを夢見て美を競い合う女たちと、その女たちに手を出さないようにと去勢された男たち。奇妙な生き物が集まるこの空間が嫌いなわけでもなかった。

裏雲《りうん》が与えられている部屋に二人の女がいた。

一人は王の寵愛《ちょうあい》を受ける月帰《げつき》。

一人は印象的な瞳《ひとみ》を持つ少女だった。

「ありがとう、宇春《うしゅん》。面白い話だった」

裏雲は少女を宇春と呼んだ。

今まで忙しく彼女の話を聞いてやれなかった。これほど興味深い話なら無理をしてでも時間を作るべきだった。

「たまには役に立つのね」

月帰は鼻で笑った。宇春を褒めると月帰が不機嫌になる。この二人、あまり仲が良くない。嫉妬《しっと》というだけではなかった。どうにも相容《あいい》れぬ問題があるのだ。

「宇春は街に戻って、引き続きその男に張り付いていてくれるか。連絡はする」

親指を噛んで少女の袖《そで》に血をつけた。こうすることで一度だけ自らの幻を送り込み、指示を送ることができる。地仙《ちせん》でも可能な術だった。

「月帰《ちょうき》は……そろそろ仕上げを」

寵姫《ちょうき》は満面の笑みを浮かべた。

わずかに戸を開けると蛇と子猫が出ていく。月帰と宇春は普段獣の姿をしているが人に化けることができる。人花《じんか》とも呼ばれる暗魅《あんみ》の一種であった。

魔性を持って生まれた蛇と猫。使役できる者はめったにいない。その貴重な部下は裏雲の手となり足となり、助けてくれている。だが、本性が蛇と猫である以上、本能的にお互いを受け入れられないものがある。複数を使役するときの大きな問題点だった。

飢骨を倒したかもしれない男……たまたま潜り込んだ荷車が、宇春とその男との縁を作った。宇春がその男を苦手にしているというのも気になるところだ。

暗魅と魄奇《はくき》は光を嫌う。

人間と生物は闇《やみ》を嫌う。

だから裏雲には獣心掌握術は使えない。馬に乗ることもできなくなったが、あまり不便は感じていない。

なぜなら裏雲には翼がある。

上着を脱ぎ半裸になると、大きく一呼吸する。バサバサと音がして背中から黒い翼が広がった。それこそは堕《お》ちた人間、黒翼仙《こくよくせん》の証《あかし》だった。

羽を伸ばすのは、遠出して飢骨を誘い込んで以来だ。

(予定では王都は半壊するはずだった)

うまくいかないものだ、と嘆いたが、飢骨を倒す者が現れるとは別の意味で収穫と言える。あれほど大型の飢骨を倒せるとすれば、白翼仙《はくよくせん》か、あるいは……

胸が狂おしいほど高鳴った。

まさかとは思う。期待していいのか。

だが、かりに生きているとしてどの面下げて会えるというのか。この黒い翼を見せられるのか。会ったところで気付くはずもない。

なにより……生きていたなら、この十年何をしていたのだ。私はこんな姿になって、両手を血で染め続けていた。それもこれもすべては——

戸が叩《たた》かれて我に返った。

急いで翼を消し、着物を羽織った。久しぶりの休日はまたしても邪魔されるらしい。重い腰を上げ、戸を開ける。

「申し訳ございません、裏雲様」

下級宦官がすまなそうな顔をして立っていた。

「用件を」

「はい、先ほど王都に巣くう反乱分子が捕まりまして」

おおかた飢骨襲来に恐れをなした普通の民だろう。もう少し見つからないよう、数と策を整えてから動けばいいものを。

「それで？」

「丞相閣下が明日にでも処刑をすると息巻いておいでです。しかしながら明日では準備が間に合いません。広場を整備したうえで十数人分の車轢《ひ》きの支度となれば」

車轢きとは面倒な処刑を選ぶものだ。黙って斬首《ざんしゅ》すればすぐ終わるものを。見せしめなのだろうが、民の動揺を招くだけだろう。庚になってから残虐な処刑が増えた。しかも都の真ん中で公開する。こうした王の趣味は役人や兵に伝わっていき、罪状が定かでもないうちにひどい責め苦をするようになる。国はてっぺんから腐っていくのだ。

「準備だけはしておきなさい。三日もあればなんとかできるのではありませんか」

「しかし――」

「どうせ今夜から大雨です。しばらく続くでしょう。人が集まらなければ公開の意味がない。閣下も強行はしません」

不審に思われるので言いたくはなかったが、予言しておく。人外は天候には敏感だ。宇春も月帰も外したことがない。その二人が言うのだから間違いないだろう。雨雲が干ばつで苦しむ東部に行ってくれればいいのだが、世の中はうまくいかないことだらけだ。天の無関心はいっそ清々《すがすが》しい。

「まさか。よく晴れていますが」

「今まで私の言ったことに間違いがありましたか。できれば二次災害にも備えておいたほうがいい」

「はっ、はい」

ぴしゃりと言われ、宦官は走り去っていった。

(近頃の私は苛立《いらだ》っている)

残された時間は少ない。それなのに飢骨を倒した男の話が出てきた。この目で確かめるべきかもしれない。

戸を閉めようとしたとき、王后《おうごう》の侍女が小走りでやってくるのが見えた。

「裏雲様、お話が」

落ち着いて羽も伸ばせない。休みの日に仕事をさせないという決まりを後宮に作ったほうがよさそうだ。

「なんでしょうか」

とりあえず微笑《ほほえ》んでおく。如才ない男と思われているが、作り笑顔は得意ではない。

「王后陛下が是非いらしていただきたいとおっしゃっています」

どうやら王后も飢骨から大量処刑への流れを危惧《きぐ》しているのだろう。誰も彼もこの一介の宦官ごときに相談したがる。

(元凶が誰であるかも知らずに)

謎《なぞ》の男を確かめるのは雨が止《や》み、処刑が終わってからということになりそうだ。

「ごめんなさいね。お休みだったのでしょ」

休日という点もさることながら、人を招くには向かない時間だ。宮の中にある庭の花は日暮れとともに花弁を閉じ始めている。

「どうなさいました」

裏雲は王后の前に座った。表情が冴《さ》えないのは心労のせいだろう。

「民を大勢処刑すると聞いたわ。丞相に直接やめるようお願いしてみたのだけど、聞き入れてくれないの」

王后が丞相相手に意見をするのは珍しいことだ。言いたいことはいろいろあるようだが、立場上普段は表に出ることを控えている。

「反乱だの抵抗だのってほどのものじゃないのよ。飢骨が荒らした街を片付けてくれていた若者たちだっていうじゃない。集会していただけで、武装だってしてなかった。こんなことで極刑なんて馬鹿げているわ」

王后は怒りで興奮していた。

「確かに悪手ですね」

鬼気迫る処刑など見せられては王政への不満は募るばかりだ。丞相は恐怖で押さえつけようとしているのだろう。反乱は集会から始まる。集まりの中から頭一つ抜けるはったり屋が現れて事は大きくなっていく。丞相が警戒するのもわからないではない。だが、この時期の大量処刑は愚策だ。

「そうでしょう。都は未《いま》だに混乱してるし、地方では干ばつだって続いている。いつまた飢骨が現れないとも限らない。もう陛下は長くないわ、私はこんな国を小さな亘《こう》覧《けん》に背負わせたくないのよ」

「国王陛下のお加減はまだ？」

「体が焼けると言ってのたうちまわっているわ。それでも月帰だけは呼んでいるのだけど。あの女……もしかして」

王后は嫉妬するほどには王に執着はない。月帰への不審は冷静な判断だ。

「何か気になることでもありましたか」

「いえ、表面上は物静かで礼儀正しい女よ。陛下に何かをねだるわけでもない。でも月帰が後宮に来てからなのよ、ご病気になられたのは」

ここはやんわり否定しておく。まだ仕上げが残っているのだ。

「考えすぎではありませんか。この中ではいかなる呪術《じゆじゆつ》も使えません。たとえ寵姫でも陛下をお慰めするときは持ち物を調べられます。陛下がそのようにお決めになった」

「ええ、そうね。でも嫉妬なんて思われたくないから、口にするのを我慢してたのよ。お生憎《あいにく》、陛下を慕う気持ちなんて一度もなかったわ」

ここまで言うのだから、王后もまた国の破滅を予感して焦りを覚えているのだろう。

「思いませんよ。王后陛下はご聡明《そうめい》であられますから」

「いいえ……私では足りない。亘覧を支えきれない。飢骨は予兆なのよ」

すっかり暗くなり、侍女が灯を持ってきた。これ以上ここにいてはあらぬ噂を立てられかねない。

「遅くなりました。私はこれにて」

席を立った裏雲に王后は最後の問いかけをする。

「ねえ、あなたを信じてはいけないのかしら」

どうやら王太子に聞いたらしい。

「何も信じないことです」

希望すらも。

裏雲が王后の宮を出たとき、雨は静かに降り出してきた。

四

丸三日降り続いた雨が止んだあと、水がはけるまで二日かかった。王都を流れる川が氾濫《はんらん》して犠牲者も出たが、丞相は明日、晧由他十二名の処刑を行うとの触れを出した。

場所を取る車轢きはさすがに諦《あきら》め、全員をそれぞれ棒にくくりつけて肉をそぎ落として殺すという処刑方法に変えたようだ。ある意味、車轢きより残虐なやり方で、そんなものを刑場ではなく、王都のど真ん中でやろうというのだから狂気の沙汰《さた》だった。

飛牙は明日に備え、夕刻から動き回っていた。策はあると那兪に大見得を切ったが、博打《ばくち》にもならないほど勝算はない。

――正気か。

案の定、肩に留まった蝶々が呆《あき》れていた。

「事が失敗したら、老師と蘭曜に身を隠すよう言ってくれ」

――迷惑にもほどがあるだろう。

そんなことはわかっている。それでも何もせずにはいられない。

「慶沢に借りを返さねえと死にきれないんだよ」

──また気持ち良く死ぬために馬鹿な真似をするのか。

「なんとでも言え」

この夜の王都は静まりかえっていた。普段なら酒場と妓院の灯で夜であろうが賑《にぎ》わいはあるのだが、飢骨襲来から街の灯は消えていた。

飛牙は広場近くにある厩《うまや》に忍び込んだ。すでに一軒済ませている。ここは二軒目だった。馬に一頭一頭囁き、手綱に切れ目を入れておいた。最後に馬に指笛を聞かせる。

「この音を覚えておいてくれよ。聞こえたら振り切ってこい」

術なんて大層なもんじゃない。こんなものはただのお願いだ。こんな間抜けの言うことを聞いてくれる獣のほうが賢いだけのこと。

「暴れてくれ。でも怪我はするなよ」

処刑に合わせ、獣を突進させる。その隙《すき》に晧由たちの縄を切り、そのまま馬に乗って逃げてもらう。作戦はそれだけだった。拷問でも受けていれば満足に動けないだろうが、そのときは晧由だけでも馬に乗せて一緒に逃げるだけだ。警備が厳しく獄中から逃がすのは難しい。ゆえに処刑直前を狙《ねら》うしかない。広場から正門までは直線で逃げやすい。門扉を閉められてしまえば逃げ道はないが、そこにも手を打つ予定だ。

——かりに成功したとして弾圧は激しさを増すだけかもしれない。その場しのぎにしかならん。

「もう大望はいらねえよ。目の前のことだけで精一杯だ」

あとのことはなんとかなる、と言いたいところだが、なんとかなった例《ためし》がない。自分には悪いことしか起こらなかった。生きてきたのは自害する資格もないからだ。それでもやると決めた。

「捕まったら処刑される前に牢《ろう》に玉を取りに来い。その場で殺されたらどさくさに紛れて急いで回収しろ」

——この国に玉を残さなくていいのか。

「嵩徳なんぞに渡してうまく使いこなせるとは思えねえ。それくらいなら天に任せたほうがいくらかましだ」

仇《かたき》にくれてやりたくないという気持ちもたぶんあっただろう。合理的な考えができるならとっくに自分で自分に始末をつけていた。

「出るか。使える厩は他になさそうだし、あとは……」

——まだ何かするのか。

「おうよ。目にもの見せてやる」

不思議なもので気持ちが昂揚《こうよう》していた。飢骨と戦ったあの日のように。自分の中にまだこんな感覚が残っていたのだ。

翌日はよく晴れた。

丞相は処刑日和だと喜んでいることだろう。広場では兵たちが罪人をくくりつけるための棒を地面に立てていた。

柵《さく》はごく簡単なもので股《また》のあたりまでの杭《くい》に縄を張っただけのものだった。ここより入るなという線引き程度のものでしかない。

――一人は無謀だ。捕まった連中の身内を仲間に入れても良かったのではないか。

説教好きな蝶が話しかけてくる。

「そこから計画が露見するのがオチだ」

――どうだか。巻き込みたくなかっただけではないのか。

思わず笑った。どうやらペテン師で泥棒からお人好《ひとよ》し野郎まで、天令様からの評価が上がったらしい。

「一人のほうが気が楽なんだよ」

これで死ねば趙将軍や慶沢も仕方ないと思ってくれるだろう。飢骨のときは死にそこなったが、今度こそ、ここが死に場所だ。何故、この国に戻ってきたか今ならわかる。

（張り切って死んでやろうじゃねえか）

すべての鬱憤をここで晴らす。そのうえで皓由を助けられたら本望だ。

もしうまいこと行ったら、蘭曜が皓由たちの身内にすぐに王都を脱出するよう伝えてくれる手筈《てはず》だ。もちろん蘭曜にも詳しいことは言っていない。

慣れた曲刀を使いたいところだが、あからさまに刀を持っていれば、いかに見物人に紛れても警戒される。そこで小刀を二本袴《こ》に隠しておいた。

獄舎から十二人の罪人が縄を打たれ、連れてこられた。一人は責め苦で死んだらしい。

皆上半身裸で顔や体に傷がついていた。ただ、歩かされているくらいだから馬に乗ることはできそうだ。皓由は一番後ろにいた。腫《は》れ上《あ》がった顔が痛々しい。

「あんたっ」

集まった人の中から蓮稍が叫んでいた。蘭曜に支えられ、辛《かろ》うじて立っている有り様だった。

（慶沢……この女に二度目の絶望は与えねえからな）

いつの間にか肩の上の蝶々はいなくなっていた。関わらないという天令の意思表示だろう。確かに今回は大事《おおごと》だ。

飛牙は前の方に移動し、首にかけた手拭いに触れた。兵たちがそれぞれ罪人を処刑用の棒にくくりつけていて、見物人に対する警備が甘くなっていた。

飛牙は思い切り指笛を鳴らした。その音は天の号令かと思えるほどに、晴れた空に響き渡った。

周囲がざわめく中、飛牙はすぐに首の手拭いで目から下を隠す。兵たちが一旦《いったん》作業をやめ警戒態勢に入った。指笛を鳴らした者を探そうと見物人の中へ入ってくる。

「誰だ、おまえか――」

一人の兵が飛牙の腕を摑《つか》んだとき、無数の蹄《ひづめ》の音が近づいてきた。いななきが聞こえ、地面にその振動が伝わる。

「なんだっ」

「馬だ、馬が来る」

北と南から数十頭の馬が駆けてきた。見物人たちは蜘蛛《くも》の子を散らすように逃げ出す。

「うぐっ」

飛牙を摑んでいた兵の鳩尾《みぞおち》に拳《こぶし》をくれてやった。倒れた兵から剣を奪う。武器は消耗品だ、いくらあってもいい。

馬が広場に入り、兵を蹴散《けち》らしていた。すぐにその騒ぎの中に入り、飛牙は晧由たちの縄を切っていった。

「おまえは……！」

飛牙に気付いた晧由に怒鳴る。

「いいから行け。馬に乗って都から出ろ」

一頭馬を捕まえ、晧由ともう一人を馬に乗せる。隠し持っていた小刀を手渡した。

「曲者《くせもの》がっ」

斬りかかってきた兵を飛牙は容赦なく斬り捨てた。

他の処刑されかけた男たちを数頭の馬に乗せた。馬の耳に、駆け抜けるようにと囁く。中には残念ながら殺されてしまった者もいたが、そこは割り切るしかない。馬の尻《しり》を叩くと一斉に駆け出した。

「斬れっ、逃がすな」

処刑を諦め、殺すことにしたところでもう遅い。晧由たちは大通りをまっすぐに門扉へと向かっている。

返り血を浴びない殺し方など気にかけている余裕もなかった。馬が減ったことで混乱が収まりつつある。もう何人斬ったかわからない。奪った剣は脂がまわり切れ味が落ちていた。どこからか敵が駆けつけてくる。

（斬っても斬っても……）

ぼやきたくもなる。

地べたの血に足をとられた。これしきのことで息があがってきている。王都に来てから少しばかり楽をしていたかもしれない。

四方を兵に囲まれ、飛牙は進退極まっていた。

「剣を捨てろ」

兵に怒鳴られたが、どのみち死が待っているだけなのに捨てるわけがない。こうなれば一人でも多く道連れに死ぬだけだ。

最初に斬り込んでくる勇気のある兵はいない。だが、そのうち槍《やり》で突かれるか矢で射られるかのどちらかだろう。

——予想どおりだな。

舞い戻ったらしく、肩の上で蝶々が話しかけてきた。玉を取り戻すためにここで待機することにしたのかもしれない。

「いや、上出来さ」

兵たちには独り言を呟いているようにしか見えなかっただろう。恐怖で心をやられた憐《あわ》れな男に見えたはずだ。

——目を閉じろ！

理解出来なかったが、飛牙は言われるままに固く目を閉じる。

同時に、白光が四方に放たれた。目蓋《まぶた》を閉じた状態でもありえないほどの眩《まぶ》しさだった。

いくつも悲鳴が上がり、光が収まったときには周囲にいたすべての兵が目を押さえてうずくまっていた。

「逃げるぞ」

少年の姿をした那俞が飛牙の手を引っ張って走り出した。騒然とする中、逃げ惑う人々に紛れる。天令の光に目をやられた兵たちは追っては来られない。

「こっちよ」

蘭曜が駆けつけて、飛牙から血のついた着物をはぎ取ると粗末な褶《ちょう》を羽織らせた。

「蘭曜……関わるな」

「もう無理ってもんよ」

そうかもしれない。蘭曜を守るためにも今は逃げるしかなかった。門は閉じられないように十数羽《わ》の鳥が門番の邪魔をしてくれただろう。晧由たちが逃げ切れたことを祈る。

「那俞、いいのか」

「……よくはない」

少年は後悔するように唇を噛んでいた。

それはそうだろう。那俞がしたことは干渉どころの話ではない。この少年は人ならぬ力を使って徐の最後の王を助けたのだ。


「やはり天令か」

一連の騒動を城壁から眺めていた裏雲が呟いた。

街はわけのわからない事態に騒然としている。王の威信をかけた見せしめの処刑がたった一人の乱入者によって失敗し、罪人たちは逃げていった。庚という国の面目が潰《つぶ》された場面が衆目に触れたのだ。

逃亡した罪人と不埒《ふらち》者を追って、ありったけの兵が街に出た。

「……それに獣を操る男」

生き物を操ることができる人物を裏雲は一人知っている。その名を思い出すだけで胸が詰まり息が荒くなる。

ひとしきり考え込み、裏雲は階段を降りていった。

第五章　王の帰城

一

「あんたたちって何者？」

片手を腰にあてた蘭曜《らんよう》に問《と》い質《ただ》された。蠟燭《ろうそく》を持った蘭曜の顔は暗い地下で恐ろしげに照らされていた。

「単なる流れ者だ」

「なんで馬が乱入してきたの。あの光は何よ」

飛牙《ひが》と那兪《なゆ》の偽兄弟は聞老師《ぶんろうし》の家の地下室に押し込められ、厳しく尋問されている。この娘は簡単に誤魔化せそうにない。

「馬はその性《さが》として走りたかった。光は常に地上に注がれている」

那兪が答えたが、誤魔化しにもなっていない。

「あんまり馬鹿《ばか》言うとその舌引っこ抜くわよ。あんたたちを匿《かくま》ってことはこっちもやばいわけ。わかってんの」

だから出ていくと言ったのだが、捕まっても困ると言い返された。確かに捕まれば老師たちとの繋《つな》がりが知られてしまうかもしれない。懸念はもっともだった。

「ねえ、みゃん」

例の子猫はいつの間にか戻ってきていた。相変わらず、飛牙と那兪にはあまり近寄らない。蘭曜に頭を撫《な》でられ、つんとした顔で飛牙たちを見ている。

「馬は見当がつくよ」

老師が天井の穴から見下ろして言った。老人には梯子《はしご》は大変らしく降りてこない。

「獣心掌握術だろう。地仙《ちせん》でもまれに使える者はいる」

蘭曜はぽんと手を打った。

「そっか仙人兄弟だっけ。なんだ飛牙も地仙だったんだ」

ここはそういうことにしておいたほうが良さそうだ。

「でも、地仙って世捨て人でしょ。なんでこんな大それたことしちゃったの。皓由《こうゆ》なんて最近知り合った程度の関係なのに」

「まあ、皓由に連なる縁があったというか……いいじゃねえかよ。ふざけた処刑が気にくわなかったんだよ」

結局そういうことだったのだ。嵩徳王《すうとく》の鼻を明かしてやりたかった。その気持ちを完全には否定できない。

「ふうん、意外に骨があるんだ」

蘭曜は感心したようだった。

「晧由たちの身内は無事か」

「隠れてもらったよ。でも、いつまでもってわけにいかないし、面子《メンツ》を潰《つぶ》された丞《じょう》相《しょう》が黙ってるわけないし。この先、どうしよう」

「……嵩徳王は長くない。そうなれば我らを探している場合ではなくなる」

こういう情報を漏らすことは天令《てんれい》にとって良くないことであるはずだが、さすがに那兪も開き直ってきたのかもしれない。

「それって本当？　病気気味だってのは想像ついていたけど、もうじき死んじゃうほど悪いってこと？」

「なるほど。となると、王位は幼い王太子に移る。当分は罪人を追っている余裕はないだろう。しかし、それはそれで国が乱れる。困ったことだ」

聞老師は唸《うな》った。

病死は自然の理《ことわり》であって、それで国が荒れたとしても当然の流れだ。元王の与《あずか》り知らぬこと。

「俺は王が死んだらこの国を出る。燕《えん》か越《えつ》か、異境でもいい」

玉《ぎょく》は那兪に返す。天令の決まりを破ってまで命を二度も救ってくれたのだ。返さないわけにはいかないだろう。

「無事に脱出できるといいわね。あれ？　ね、馬が暴れたのはわかったけど、あの光はなんなの。あれも地仙の術？」

蘭曜は誤魔化されてはくれなかったようだ。

「人にできることではないよ」

聞老師が断言した。

「じいちゃんも見ていたんだ。じゃ、あれは何？　あんたたち妖《あや》しいものを使役できるの？」

「いや、あれは天の力に思えた」

えっ、と蘭曜が叫んだ。

「つまり天が飛牙に味方したってこと？」

「どうだろうな。天の気持ちはわからんよ。ずっと関わりを避けていたようにしか思えんかった」

「……天って神だよね。って、やっぱりあんたたち何者よっ」

いくら責められても、結局知らぬ存ぜぬで通すしかなかった。

蘭曜が出ていって、飛牙と那兪は二人だけで地下の小さな部屋にいた。蠟燭の灯だけが頼りなく揺れている。

とりあえずあと二、三日はここで大人しくしているよう命じられている。まだ兵たちが王都を走り回っているらしい。

「あの老師はさすがにいろいろと知識を持っているようだな」

那兪が天令であることまで気付いているわけではないだろうが、油断はできない。

話しかけたものの、部屋の隅で那兪は膝《ひざ》を抱えてうなだれていた。やはり、あれほど目立つことをして飛牙を助けたことを気にしているようだった。

「……悪かったな」

狭い空間の中で沈黙は重かった。ややあって、ようやく那兪が口を開く。

「私は取り返しのつかないことをした」

「天が怒っているのか」

那兪は顔を上げた。その顔は捨てられた子供のようでいつもの不遜《ふそん》さはない。頼りなげな瞳《ひとみ》が揺れていた。

「そういうことなのだと思う。どんなに問いかけても天は応えない。戻ることもできなくなった」

「戻れないって……そりゃ」

天から追放されたということなのだろうか。自分のせいでそんなことになったのかと思うと、さすがに胸が痛む。

「なら今すぐ玉を返す。それでなんとかならねえか」

「今の私では……」

「試してみろ。ほら、天にお返しいたします。どんと持っていけ」

痛いのかもしれないと思って目を閉じた。入れたときはちょっと特別な人間になれたような気がしたから、抜くときは虫けらになった気分がするのかもしれない。それくらいならとっくに経験済みだ。

「やってみよう」

那兪が手を伸ばし、飛牙の胸に触れたがすぐにやめた。

「……できない」

「俺、ちゃんと返すって念じたぞ」

「違う。おそらく取ることは可能だが、その気になれない。玉はこういう理由でやりとりされるべきではない。王を信じて預けたはずなのに、こちらの事情で返せというのは筋が通らぬ。だいたい、そなたも簡単に返すなどと言うな」

以前と言っていることが微妙に異なる。

「でも、返せって言い続けてたのおまえだろ」

「黙れ。気持ちなんて変わって当たり前だ」

臆面《おくめん》もなくきっぱり言い切られ、飛牙は頭を掻《か》いた。なるほど、那兪はもう天の手足ではないのだ。手足でなくなったから、堕《お》とされたのだろうか。

「……そうか。まいったな」

本当にまいっていた。

もちろん、独りになってからも付き合いのある者はいた。一時共に暮らした女もいたし、仕事の相棒がいたこともあった。けれども彼らは常に自分を優先した。お互い平気で裏切り、絶対に相手の犠牲にはならなかった。だから飛牙も安心して関われた。

(犠牲にしたくないなんて言えば、また蹴《け》られるだろうな)

だが居場所を失うことは人の身でも辛《つら》い。まして堕ちるという形になる天令ならどれほどの絶望だろうか。

「彷徨《さまよ》ってくる」

そう言うや少年は蝶《ちょう》になった。

息苦しくならないように少し開けられた天井の隙間《すきま》から、蝶は淡い光を放ち、飛び去っていった。

二

王宮は混乱を極めていた。

見せしめのために市井の民を残虐なやり方で処刑しようとしておいて、まんまと逃げられたのである。しかもそれを成し遂げたのは傍目《はため》にはたった一人の男だった。大勢の兵は男を傷つけることすらできなかった。

それだけではない。問題はあの凄《すさ》まじい光だった。男のそばにいた兵は目を焼かれ、離れていた者も視力が戻るまで三日かかった。

天の怒りだ——王宮ですらそうした声が上がった。

いつか天の火に焼かれる。庚《こう》という王朝を天は認めないどころか、罰を与えるつもりなのだ。そんな畏怖《いふ》は国中に伝播《でんぱ》しようとしている。

逃げた男と罪人を捕まえて殺す以外、王の威信は回復できない。しかし、そんなことをすれば天に罰せられるのではないか。当然のことながら兵たちは及び腰だった。

この出来事に、王都の民たちは大いに溜飲《りゅういん》を下げた。

王も丞相も最低だが、我々には英雄がいる。

それは民にとって希望であった。

「……くだらない」

裏雲《りうん》は呟《つぶや》いた。単純な民の反応に心底そう思っていた。

「ああ、そうだ。民とはくだらない生き物だ。王や我々が徐《じょ》を倒したときも多くの民が我らを英雄と呼んだ。ふざけるなっ、なんという愚劣な連中だ。すべて焼き払いたいくらいだ。おのれっ」

丞相は地団駄を踏んだ。歯を食いしばったその顔は赤黒く、今にも頭の血管が切れそうに見えた。

(珍しく正論だな)

とはいえ、執務室まで呼び出されて八つ当たりされても困る。裏雲にはやりたいことがあった。

今朝、宇春《うしゅん》が再び戻ってきて有益な情報をもたらしたばかりだというのに。処刑されようとしていた民を助けた男は、飢骨《きこつ》を倒したかもしれない男と同一人物であるという。すぐにでもその〈英雄〉の顔を間近で見て確認したかった。

「罪人を追っている兵は本気で捕まえようなどと思っていないそうだ。大の男が天罰が怖いと言って臆《おく》しておるのだ。どいつもこいつも役に立たない」

泥船から逃げるのは当たり前。それでも徐王朝末期には多くの者が王を守るために戦ったものだが、庚王に対してはそれすらない。

「陛下が兵や民に直接お言葉を授けるのがよろしいのではありませんか」

「それができれば苦労せんわ。あのザマを見せてやりたい」

「あの意気軒昂《いきけんこう》であられた陛下です。きっとご回復なされるでしょう」

王との目通りが叶《かな》ったのは二年前現在の役職を賜ったときだけだ。恰幅《かっぷく》の良い尊大な男だった。その場で刺し違えることも考えていたがやめた。

……もっと苦しんで死んでもらいたかった。恥辱にまみれ、史上最悪の王と蔑《さげす》まれ、偽りの王国とともに消え去るのだ。

そのためにはこの国の連中がいくら死んでもかまわない。この世のすべてが仇《かたき》だと思っている。

「陛下は生きているほうがおかしいくらいなのだ。ついてくるがいい。現実を見せてやる。今は私の他はお付きの宦官《かんがん》と医者、王后《おうごう》と王太子、それに月帰《げつき》しか会うことはできないからな」

その言葉を待っていた。やはりこの目であの男の苦しみもがく様を見たかったのだ。

王の居室の前で持ち物を検《あらた》められた。

すでに中からわめき声が聞こえている。丞相が戸を開けると中から饐《す》えた臭いがした。この時点でここまで臭うなら寝所はもっとひどいだろうと裏雲は推察した。案内する世話係の宦官も疲労が色濃い。

「陛下、呉豊《ごほう》でございます。本日の報告に参上いたしました」

色鮮やかな花々が描かれた屛風《びょうぶ》の前で、丞相は大きな声を上げた。この向こうは王の寝所だ。

丞相は朝、王に挨拶《あいさつ》をしその日の公務を告げる。夕方、その日にあったことを報告するため再び謁見するのが決まりだ。しかし、現在王に予定はない。

「本日、陛下の治世一点の曇りなく。兵は勇ましく、民は健やかにすごしております」

虚偽にもほどがある。おそらく飢骨が現れた日も、処刑を邪魔され罪人に逃げられた日も、今と同じ報告だったのだろう。何を言っても理解できないということなのかもしれないが、王政としては崩壊している。

「助けて……くれ。蛇が、巻き付いて……おる」

助けを求める声がして、ぞっとするような悲鳴が轟《とどろ》く。

「失礼いたします」

丞相は屏風の向こうに入った。裏雲もあとに続く。

天蓋《てんがい》の寝台は薄絹に囲まれていた。寝台に熊《くま》のような男が一人四《よ》つん這《ば》いになっていた。薄絹を通しても乱れた髪と伸びきった髭《ひげ》がわかる。全身を打撲でもしたかのような内出血の跡が肌を覆っていた。

「陛下……呉豊にございます」

「蛇が儂《わし》を絞め殺す……助けてくれ」

無論、蛇などどこにもいない。だが、王は大蛇に締め付けられ、自分のあばら骨がメキメキと鳴る音を聞いているのだ。

「蛇などおりませぬ。お気を確かに」

「苦しい……熱い」

そう声を振り絞ったあと、王は口からどす黒いものを吐いた。腐った内臓のようにも見える。

「寿白《じゆはく》の……首が見える。儂……を殺しに来る」

自分の吐瀉《としや》物に顔を埋《うず》め、怯《おび》えたように頭を振った。ツケを払えと過去が責める。幻影は多岐にわたるようで、王は実にいい具合に狂っている。

「……殺してくれ」

そう頼まれても、王を殺せる者などいない。王を殺せば次の王か、希代の謀反人だ。どちらも志願する者は王宮にはいないだろう。

「こ……これにて失礼いたしまする。参るぞ、裏雲」

逃げるように去っていく丞相のあとに続く。裏雲は振り返って憐《あわ》れな王をもう一度だけ見た。期待どおりの醜態だが、少しも心は晴れなかった。

黒い翼はすべてを蝕《むしば》んでいく。

王の次にツケを払うのは、私だ。

＊　　＊　　＊

寿白殿下――いや新王を逃がすために。

そのために我らは少しでもここで持ちこたえる。命はそのために捧《ささ》げるのだ。籠城《ろうじょう》した者たちは皆その一念に燃えていた。

そこまで一丸となったのは、国王陛下ご夫妻と寿白の人柄に因《よ》るところが大きかっただろう。国の運営は難しく、時として見誤ることがあったのは確かだ。時代と伝統にずれが生じ、長く続いた王朝の綻《ほころ》びが見えてきたのも事実だ。

それでも攻めてくる山賊崩れの反乱軍が徐よりうまくやれるとは思えなかった。奴《やつ》らは壊すことだけが目的だ。生み出せない。

王宮の仕事に携わっていれば、どんな愚か者でもそのくらいは見えてくる。

少年もそうだった。

「このままでは門が破られる。全員で城壁より矢を射かけよ」

その命令に少年も弓を持って城壁に駆け上がった。

十二歳の子供は、何の躊躇《ためら》いもなく押し寄せてくる害虫を狩り続けた。開城と降伏の要求は突っぱねている。こいつらを城に入れれば皆殺しになるのだ。

寿白さえ無事なら王国は必ずや再建される。玉座はあの方のためにこそある。

「何をしておいでか。ご自分の役割を果たしなさい」

隊長に止められた。

「戦わせてください、このままでは門が破られてしまいます」

「残念ですが、まもなく破れます。大切なお務めを優先させてください」

少年の役目は敵の攪乱《かくらん》だった。できる限り生きて、敵の目を引きつける。それは寿白を守ることになる。

少年は肯《うなず》き、城壁から降りた。王と王后がいる部屋へと向かう。後宮では女たちが震えていた。女たちの多くは先に逃がしてある。残っているのはある程度覚悟ができた者たちだが、それでもいざとなればそうもいかないらしい。

美しい庭、雄壮たる城。そのすべてが穢《けが》されようとしている。なんという喪失感なのか。自分は骨の髄まで徐国の武人なのだと思い知らされる。

「おお、探しましたぞ」

王の世話をしている上級宦官に呼び止められた。

「すぐに数人の兵を伴い南西の方角に逃げるのです、こちらへ」

「待ってください。せめて陛下に最後のご挨拶を」

宦官は目を伏せ首を横に振った。

「陛下は王后陛下と先ほど……」

その言葉に血の気が引いた。無礼を承知で二人がいる部屋の戸を開ける。

そこには卓に突っ伏して息絶えた男女がいた。床には杯が二つ転がっている。毒杯を呷《あお》ったのだ。

(……終わった)

徐国は終わってしまった。足下が崩れる感覚に少年はうずくまった。

「門が破られたら、この首を差し出して城内の者の助命を求めるようにと。それが陛下のご遺言でございます」

あの獣たちにそれが通じるだろうか。

「さあ、城から出るのです。殿下を少しでも敵から遠ざけなければなりません」

少年は力強く肯いた。

父も戦っている。私も戦うのだ。私が敵を引きつければ引きつけるほど、寿白様は救われる。徐国は再興できる。

「門が破られたぞっ」

悲鳴にも似た叫び声が轟いた。雪崩《なだれ》を打って敵が侵入してきた。殺戮《さつりく》が始まる。

「お急ぎを」

迎えに来た兵とともに寿白と同じ抜け道を辿《たど》って街に出た。そこからはあえて目撃され、痕跡《こんせき》を残して逃げる。敵は寿白の顔など知らない。

こっちへ来い、と念じながら逃げ続けた。

寿白として死ぬ。そのことに少しも躊躇いなどない。あの愛《いと》おしい子供を守るためなら喜んで命を差し出せる。

『どうすれば国から飢えはなくなるのかな』

『考えよう。私も殿下と一緒に知恵を絞る』

『ほんとに？　ずっとずっと一緒だよね』

『うん、ずっとずっと一緒だ。離れてあげない』

『私が間違ったら叱《しか》ってほしい』

　城壁に上って、よく月夜にそんな話をした。あの幸福な時間は生涯続くものと思っていた。どんな困難も二人なら乗り越えられると思っていた。

『当たり前だ』

　落城七日目。

　ついに反乱軍に追いつかれた。乱戦となり、少年も戦った。だが、少年の役目は少しでも長く時を稼ぐことだ。そのためには簡単に捕まることも死ぬこともできない。

　体から血が流れる。目にも血が入り、よく見えない。これ以上は剣を振るうことは叶わなかった。

　敵は剣を捨てろとほざいたが、捕まって得なことなど一つもない。

「余は寿白なり。貴様らなどにこの体はやらぬ」

　雄々しくそう叫んで、崖《がけ》から川へと落ちた。亡骸《なきがら》を確認するために敵はまだ追いかけなければならない。

　──すべては殿下のために。

＊　＊　＊

　裏雲の記憶は鮮明すぎた。痛みも血の臭いもなにもかも覚えている。だが、もっとも忘れられなかったのは、寿白への想《おも》いだった。

もはや、こんなところで忙殺されている場合ではない。頭を抱える丞相を捨て置き、裏雲は部屋に戻った。

中では二人の女が待ち受けていた。

「待っていたのか」

月帰は裏雲の寝台に寝そべり、艶《あで》やかに笑った。

「仕事は終わったわ。あの男にやることはもうない」

「そのようだな。ご苦労だった」

月帰の毒は簡単には死なせてくれない。人の形がなくなるほど腐り、崩れ落ちるその瞬間まで、意識はあり激しい苦痛が続くのだ。

不徳の暴君には一年にわたり毒蛇と寝てもらった。毒が回ってくればその痛みを和らげるために更なる毒を求める。王は月帰を求め続けるしかなくなったのだ。城の中では呪術《じゅじゅつ》は使えず、口に入る物には毒味もされる。この状況で王に塗炭の苦しみを与えて殺そうと思えば、この方法しかなかった。

月帰と宇春。黒翼仙《こくよくせん》となってから使役した二体の暗魅《あんみ》は、後宮に囚《とら》われた宦官の手足となってよく働いてくれた。

「ねえ、ご褒美をちょうだい」

赤い唇の求めに応じて、口づけた。これだけでも甘い毒の匂《にお》いがする。幾度も交われば、王のようになる。もちろん黒翼仙にはこんな毒は効かない。黒い翼を得たときから天の毒が回っているからだ。

「今夜、例の男を見に行きたい。宇春、案内してくれるか」

宇春はこくりと肯いた。


夜を待ち、裏雲は翼を広げた。懐に子猫を入れて、大きく夜空へと羽ばたく。普段完全に隠しておける翼は着物の上からでも問題なく機能する。

満月の夜空に高く飛び、裏雲は都を見下ろした。仮に見られても今更気にする必要はない。なぜなら黒翼仙は魄奇《はくき》や暗魅以上に禍々《まがまが》しい存在だからだ。民の不安は王朝を倒す。いくらでも殺し合ってこの地上を血で染めればいい。

裏雲は都の西に向かって飛んだ。

羽音をさせず、男が住むという家まで来て、裏の藪《やぶ》へと降りていく。翼を消し、子猫を地面に降ろした。

宇春の話では老人と孫娘の住まいに少年とともに居候しているらしい。その少年とやらにも興味は湧《わ》く。

子猫は家の前に行くと可愛《かわい》らしい声で鳴き始めた。小動物ならどこかから侵入できそうなあばら屋だが、あえて外で鳴く。

戸が開き、出てきたのは若い男だった。

(彼か……)

裏雲は木陰から目をこらした。月明かりは顔を判別するには充分とは言いがたいが、それでも、もしこれが寿白なら気付く自信があった。

「なんだ、おまえ戻ってきたのか」

青年はしゃがんで子猫を撫でた。

「よかった、これで蘭曜もほっとするだろ。なあ、あんまり家出するなよ。あと、年寄りもいるんだから、夜中に鳴いて起こすんじゃねえぞ。どうした、裏の隙間から入ってこられるだろ」

子猫を抱き上げ、人懐っこい笑みを見せる。話し方は粗野で、高貴さなどは感じられなかった。

(やはり……違うか)

落胆したところをみると自分はかなり期待していたらしい。

「いつも避けてんのに、今日はなついてくれてんだな。俺も今、夜しか外に出してもらえないんだよ。追われる身だからな。那兪は帰ってこないし、話す相手もいなくてちょっと淋《さび》しいんだよ、付き合いな」

男は満月を見上げた。

「誰かと見上げる月は綺麗《きれい》だよな。餓鬼の頃、城壁に上って見てたよ。一人だけダチがいてさ」

男の顔が月明かりに照らされ、はっきりと見えた。

「疫病神だからって嫌わないでくれよ。猫にまでは害は及ばねえと思うからさ。知り合いはもういないだろうと思って帰ってきたけどよ、実際昔馴染《むかしなじ》み一人いない故郷なんて意味ねえよな。もう別の街なんだってわかったよ。近いうち出ていくから、爺《じい》さんと生意気娘を頼むぞ」

猫を抱いたまま男は家に入った。

残った裏雲はただただ茫然《ぼうぜん》とするばかりだった。幽霊ではない。生きて、笑って、話をしていた。

「……殿下」

大切に大切に育てられた王太子はすっかり日に焼けて、ふてぶてしい面構えの若者になっていた。気付く者はいないだろう。

——だが、私にはわかる。

すぐにも抱きしめたかった。それどころか今まで何をしていた、王都を出ていくだと、と殴って首を絞めてやりたかった。だが、ここは我慢する。

殿下が王としてこの国に君臨するために。

「しばし……お待ちを」

三

謀反人を探す兵たちが街を引き上げて丸一日。

飛牙はようやく地下の穴蔵から解放された。何故《なぜ》、捜索を打ち切ったのかはわからない。案外油断させるためかもしれなかった。

「安心して遠くに行かないでよ。あと門の検問はすごい厳しいみたい。泰灌《たいかん》から逃げ出すのは難しいからね」

蘭曜に釘《くぎ》を刺された。

確かに門を通って逃げるとなると相当な対策が必要になる。一人で脱出するのはまず無理だ。何かの荷物の中に紛れ込むか、商人の隊列に加えてもらうかくらいしか方法がない。しかし、それをやれば露見したとき助けてくれた者たちの命もないだろう。

かといって人の背丈の何倍もある街を囲む壁を越えるには翼が必要だ。

(翼仙にでもならないとな)

翼仙になるには一度は俗世を捨て修行に入らなければならない。つまり王都にいる限りは不可能ということだ。もちろん人徳と資質も求められ、清貧であることも大事である。その上でようやく翼と共に天の知識まで授かるのだ。

つまり、俺には無理ってことだ——飛牙はあっさりと壁越えを諦《あきら》めた。

「なあ、白翼仙《はくよくせん》が修行と徳の賜《たまもの》なら、黒翼仙はなんなんだ。悪党だと言われてるが、どうやって生まれる？　堕落した白翼仙なのか」

都に飢骨を誘い込んだのは翼仙かもしれないと那兪から聞いている。その点が気になっていた。

窓辺の椅子《いす》に座り本を読んでいた聞老師が顔を上げる。

「黒翼仙なんぞ私も見たことはない。簡単に言ってしまえば、白翼仙を殺した者が黒翼仙となる。殺した相手の知識も力も吸収してすぐに翼仙となる。ただしその翼は黒く、いずれ天の怒りにより死ぬとは言われている」

「白翼仙を殺せるものなのか」

彼らは人の倍生き、めったなことでは死なないと聞く。まして翼を得るほど修行を積んだ強者《つわもの》だ。

「だからこそ、めったに黒翼仙などいない。昔話の怪物のようなものだな」

老師ですら実在を怪しむような存在がこの国にいて、王都に災厄をもたらしたというのはありえるだろうか。しかし、白翼仙がするようなことではない。とすれば、翼仙に似た暗魅という可能性はないだろうか。

（いや、目撃者は那俞だ。天令が暗魅と見間違えるとは思いにくい）

その那俞も戻ってこない。もしかしたら二度と会うことはないのかもしれない。天に戻れない以上、諸悪の根源などと一緒にいても仕方がないのだ。

「老師はまだまだ現役でやれそうだけどな。その知識、伝えなければもったいないだろ」

「目立てば王に殺される。蘭曜を一人にしたくないのだよ」

そう言われれば、世に出ろとは言えなかった。

「それより猫も帰ってきたというのに、君の弟はどうした」

それを訊《き》かれると辛い。

「喧嘩《けんか》でもしたかね」

「まあ……そんなとこかな」

他に言い様がなかった。

「そりゃ処刑をぶっつぶすなんてことやらかしたら、弟も呆《あき》れるよね。あのあとあの子、機嫌悪かったし」

蘭曜も話に加わってきた。子猫を膝に乗せて、祖父の着物を繕っている。

「いいじゃねえかよ。俺、薪割《まきわ》りしてくるわ」

追及をかわすために飛牙は外に出た。

すぐに異変に気付く。周りをかなりの人数で取り囲まれている気配を感じた。

(兵か……？)

家に逃げ込んだら袋の鼠《ねずみ》だ。突破できるだろうか。

「飛牙と名乗っているのはおまえだな」

一人の位が高そうな兵が木陰から進み出てきた。続いて十数人の兵士が藪から現れる。

飛牙はすぐさま腰の曲刀を抜いてかまえた。

「来るんじゃねえ」

襲いかかってきた槍《やり》を刀で叩《たた》き斬る。

「蘭曜、爺さん、逃げろっ」

家に向かって叫んだが、数人の兵たちが勢いよく入っていく。

「なによ、やめてよ、触らないで」

蘭曜の抵抗する叫びが響き渡るが、たちまち二人は捕まってしまい、後ろ手にねじり上げられ外に突き出されてきた。

「こいつらは関係ねえ。降参するから放してやってくれ」

兵たちが槍をかまえて飛牙に近づくが、最初に声をかけてきた隊長格の男がそれを制する。

「怪我《けが》をさせるなとの仰せだ。娘と年寄りは放してやれ」

兵たちは指示に従った。蘭曜と聞老師は解放されたが、茫然とその場に留《とど》まるしかなかった。

隊長が飛牙に一歩近づき、曲刀を受け取った。

「同行願います、寿白殿下」

背後で蘭曜の悲鳴に近い声が上がった。

「殿下って何？　あんたたち何言ってんの。こいつはうちの居候で、ただの流れ者のチンピラのイカサマ野郎よ。見りゃわかるでしょ、いい加減で勢いだけのトンチキで、おまけに間男で捕まるような間抜けなんだから」

助けようとしてくれているのだろうが、かなりひどいことを言っている。

小娘の必死の抗議にはいっさい耳を貸さず、兵は飛牙の手首を縛り上げると背中を軽く押した。

「馬車を用意しておりますので、こちらへ」

今はある程度丁重に扱ってくれているが、もちろんこの先は処刑しかない。

「お待ちあれ。寿白殿下とは徐国最後の王太子のことか」

聞老師が尋ねる。その節くれ立った手は強く握りしめられ震えていた。

「そうだ」

隊長ははっきりと答えた。民に隠す気はないらしい。

「違う」

飛牙は思い切り不遜な顔で振り返った。殺される前にこれだけは、はっきり言っておきたかった。

「王太子じゃねえ。俺は第十六代徐王だ」


城は広い。巨大な王都の中にもう一つ街があるようなものだった。執務のための棟、兵舎、王の宮、後宮。そして塔の獄舎もある。

城にある獄舎は主に王族のためにあった。

謀反を起こした王弟に、寵姫《ちょうき》を殺害した王后。正気をなくした王女も。ここに入れられるのが決まりだった。

そこに飛牙はいた。片足は鎖で繋がれているが、部屋の中ならば自由に歩ける。前は間男で塔に閉じ込められ、今度は元王様としてここにいるらしい。

（今更こんな形で帰ってくるとはな）

どこでどう露見したものやら。処刑を邪魔した罪人として捕まったわけではなく、寿白として捕まったのだ。それが露見するようなヘマはしていないはずだった。かつての知り合いにも会ったことはない。

連れてこられて丸一日が過ぎたが、牢《ろう》に放り込まれたままで官吏一人やってこなかった。塔の獄舎は徐国のときの物をそのまま使っている。最上階は王族のための部屋だ。寝台や調度品は粗末なものではなかった。出された食事も囚人とは思えない。仮に毒入りだとしてもどうせ死ぬなら問題はない。空腹のまま死ぬと飢骨にでもなりそうなので、ちゃんと喰《く》っておく。

厚い扉の向こうには看守がいるようだが話しかけてくることはない。最上階の牢は静まりかえり、食器の音だけが響いた。

子供の頃、ここは城の中でももっとも恐ろしい場所だった。行ってはならないと母にも言われていた。その憂鬱《ゆううつ》な塔の威容は見上げるたびに子供を不安にした。その頃はこの最上階に押し込められた者はいなかったというのに、それでも何かがいると噂《うわさ》されていた。徐国にも暗い歴史はある。三百年分のさまざまな怨念《おんねん》を城内の獄舎が引き受けているかのようだった。

そんな牢にいるのだ。

明かり取りの小さな天窓から見える青空が自由とはいかに遠いものかを思い知らせる。こうも静かだと独り言も言いにくいが、やがてぶつぶつと語り出すらしい。たとえ獣と話せても天窓は離れていて術を使えそうにない。徹底した孤独こそが罰。道を踏み外した王族は処刑されることもなく、ここでゆっくりと静かに狂気を深めていく。完全に正気を失い、ただ一人、病か老いで死ぬまで出ることはできない。

（まさかそんな悠長な殺し方をするとも思えねえ）

嵩徳王ならばすぐさま首を刎《は》ねて、見せしめに広場にでも首を晒《さら》すほうを選ぶかもしれない。

だが、とっくに死んだはずの寿白などに登場されて困るのは他ならぬ王だ。普通に考えれば、公にすることなく、速やかにひっそりと殺したほうがいい。寿白の首は何年も前に晒されている。ここで本物の首を晒すということは、騙《だま》されたという事実を民に白状するようなものだ。

どちらにしろ過去の亡霊には消えてもらいたいはず。今頃、どう処分するかを話し合っているのか。

その日の夜、耳障りな音をたてて扉が開かれた。

呪《のろ》われた最上階にようやく訪問者が現れたようだ。二人の男は頭巾《ずきん》をかぶり、顔を半分隠していた。

「名乗ったらどうだ」

飛牙は寝台に座ったまま、男たちを見上げた。名乗る気はないらしい。

「……本当にこの男が寿白殿下だというのか」

「そのとおりです、閣下」

閣下と呼ばれるのはこの国では丞相だけだった。つまり丞相の呉豊ということになる。もう一人は部下なのだろう、若い男だ。

「趙《ちょう》将軍とともに死んだはずではないか。私も二つの首を確認した」

「閣下は殿下も将軍の顔もご存じなかったのではありませんか」

狼狽《うろた》える丞相に比べ、若い男のほうはずいぶんと落ち着いていた。

「ちゃんと両者をよく知っている者を呼んで首実検させた。寝返った者は少なくなかったからな」

「将軍はともかく、十年前殿下は子供でした。逃亡中はちょうど顔つきが子供から男になっていく時期です。まして一月以上塩漬けされた首。自信をもってそれを寿白様だと言い切れた者がいたら、とんだ嘘《うそ》つきですね」

丞相は悔しさから足を踏みならした。その弾みで頭巾が外れ、顔が現れた。神経質そうな年配の男だった。

「黙れ黙れ、この男が寿白だという証拠はあるのか」

「認めています。捕らえた兵に対し、第十六代徐王だと宣言したそうです」

「痴《し》れ者《もの》だ。処刑を邪魔したただの大罪人として首を刎ねてしまえ」

飛牙は勝手に喋《しゃべ》らせておくことにした。どうせ、足にかけられた鎖が邪魔で奴らまで手が届かない。

「私には手駒《てごま》がおります。その手駒が言うにはこの男が飢骨を倒したとのことです」

「あれは人が倒せるようなものではない。人を喰らって満足し、崩れたのであろうが」

「いいえ、寿白殿下なら倒せるのです」

飛牙は目を瞠《みは》った。この男は何を知っているのか。

「どういうことだ」

「玉は見つかっておりません」

「宝玉の一つや二つなんだというのだ」

「朱雀《すざく》玉は天から授かったもの。護国玉とも言われていました」

「そんなものは迷信だ」

男はくすりと笑ったようだった。

「徐の始祖王と六代王は迎玉《げいぎょく》を果たしたとの話は閣下もご存じでしょう。迎玉とは玉を体内に迎え入れること。いわば天に認められた王というわけです」

「子供騙《こどもだま》しの言い伝えだろうが。玉が体にどうやって入る」

「即位の際は天令が降りてくるのです。迎玉を果たせない凡庸な王のときは精進せよとだけ言います。迎玉はそもそも天の技ですから、どうやってなどという質問は意味がありません」

丞相は改めて飛牙を睨《にら》み付《つ》けた。

「こんな男が王の中の王だというのか」

「王都は地方に比べて暗魅や魄奇に襲来されることは少なかった。それは玉が城にあったためです。要するに魔除《まよ》けだったわけです。徐王は最後の最後に王太子に譲位した。そこで殿下は迎玉を果たしたというわけです。玉そのものとなった寿白様に触れた飢骨は天の威光を直接受け、滅び去るしかなかった」

何故この男はそんなことまで知っているのか。飛牙でさえ最近知ったことだ。

「……貴様、誰だよ」

飛牙は立ち上がっていた。少しでもこの男に近づきたかった。近づけば、答えが出るような気がした。

「宦官の裏雲と申します」

その名は後宮に忍び込んだ那奩から聞いたことがあった。王后と親しく、知識人らしいとの話だった。声に聞き覚えはない。顔を見たいが裏雲は頭巾を外さなかった。

「話すんじゃない」

癇癪《かんしゃく》を起こしたように、丞相はどんと足を踏みならした。

「何が玉だ、寿白だ。こいつは呪術師か何かに違いない。すぐにもそういう罪状で処刑するぞ。もう懲りた。城内で人目につかないように殺す。たとえ本物だとしても今更、そんなものに出てこられても迷惑なだけだ。このことは他言無用だ。街の噂にならないようにしなければ」

丞相は扉を閉めた。去っていくが、まだ話し声は聞こえてくる。

「陛下にも秘密ですか」

「言っても、どうせわからん」

「王后陛下には？」

「ならん。王后は元々徐の女官だ。信用できない」

階段を降りていく音がして声も聞こえなくなった。

丞相はあくまで寿白ではなく一罪人として殺すつもりらしい。賢明な判断だ。気になるのは裏雲と名乗った宦官のほうだった。

（俺はあいつを知っている……？）

四

すぐにも処刑すると言われ、五日が過ぎた。

看守は水と食事を運ぶだけで、飛牙が話しかけても一言も返さない。そう命じられているのだろう。

何もせず過ごす時間はずいぶんと長く感じた。たかが数日で追われていた日々が懐かしく思えるほどだ。寝台に横たわったまま、天窓に手を伸ばす。

小さな青空からはお迎えが来る気配もない。

(……来たのか)

見慣れた蝶の姿が見えた。

蝶は天窓から中に入ってきた。飛牙が差し伸べた手にそっと留まる。

「よう……ちょうど話し相手がほしかったとこだ」

——戻ってみたら、そなたはいない。蘭曜は泣いていた。

気の強い蘭曜の泣き顔は想像もつかなかったが、少しばかり胸が痛んだ。

「まだ天に戻れないのか」

——私は堕とされたのだ。道を誤れば天令も堕とされることがある。

「……謝って済むことじゃねえよな」

——堕ちて長くたつと暗魅と変わらなくなる。地上は天令にとって毒沼だ。

「俺、処刑されるらしい。俺が死ねば玉は城に戻るだろうし、おまえも許されるかもしれねえだろ」

——そなたの悪いところはそこだ。自分が死ねば世の中すべて丸くおさまると思い込んでいる。

「そこまで自己評価高くねえけど、まあ多少はそうだろ」

——そなたは簡単には処刑されないだろう。巷《ちまた》で大変な噂になっている。徐の王太子が生きていて、都を飢骨から守った。さらには無実の民を処刑から救った。その英雄とも言うべき寿白殿下が暴君に捕らえられ、殺されようとしているとな。

飛牙は目を丸くした。

「本当かよ」

——凄まじい勢いで流言が拡散したのだ。

「蘭曜か？」

——彼女はあれでなかなか慎重だ。安易に人に言うようなことはしない。

「じゃあ誰がこの話を流した？　老師と蘭曜以外あの場にはいなかったのに」

——そなたを捕らえた兵ではないのか。

言われてみれば、あのときの隊長は飛牙の素性を隠す気がなかったように思える。名も無き咎人《とがにん》として捕まえることもできたはずだ。

「なんで兵が」

――はっきり言って庚はすでに末期だ。泥船から逃げたい者は軍にもいるだろう。そんなとき民を守った亡国の王太子が現れたのだ。

「……重たい話だな」

目眩《めまい》がする。飛牙は寝台に倒れると大の字になった。蝶はひらひらと舞い、飛牙の鼻の上に留まる。

――自分の意志で戻ってきたのだろう。いろいろやらかしたのもそなただ。どんなに重くてもケリをつけろ。

「その叱咤《しった》激励はかなりの干渉だぞ」

――毒を喰らわばの境地に達した。

確かに鼻先の蝶々の可愛らしい目はすっかり据わっている。

「なら俺も腹くくるわ」

――ほう。どういう結論を出すか知らぬが尊重しよう。そなたをここから出す策を考えてみる。

「ありがとよ。で、裏雲って宦官のことを知りたいんだ。あいつ、いろいろ知りすぎている。たぶん、俺の正体を見抜いたのも奴だ」

――あの男か。よかろう、探ってみる。

「無理すると蝿叩《はえたた》きで潰されるぞ」

――抜かせ。そなたのような間抜けではない。

蝶は毒づいてふわりと浮き上がった。天窓目指して高く飛ぶ。小さな青空に溶けるように消えた。

蝶の姿のまま、那兪は後宮へと向かった。

裏雲を探すか、あるいは牢の鍵《かぎ》を手に入れるか。やはり鍵をと思い、兵舎に向かったが、すぐに断念することになった。

獄舎のすべての鍵は鍵のかかった戸棚の中にあり、その戸棚の鍵を兵士長が持っている。兵士長はその鍵を自らの体にくくりつけており、それを外すためにまた鍵がいる。その鍵を別の兵士長が持っているという念の入れようだ。食事を運ぶときは別々の場所にいる二人の兵士長を通さなければならないのだ。飛牙が間男で捕まったときの櫂郡《かいぐん》の獄舎とは警戒がまったく違う。

これでは蝶々でも少年でも鍵を手に入れるのは難しい。一旦《いったん》、諦めて裏雲を探すことにした。

城の中を飛んでいてわかったことは、すでに城内でも寿白の件は知らぬ者がないほど周知の事実となっているということだった。それはそうだろう、街でさえ蜂《はち》の巣《す》を突《つっ》いたような騒ぎなのだ。

（あれは……）

後宮の庭を男の子が走っていた。ここには王と宦官の他は男子は王の子しかいないはず。去勢していない老師をつけての修練や臣下の子らと遊ぶことはあるだろうが、その場合は後宮から出るのが通例だ。

とすれば、あれは王太子の亘筧《こうけん》であろう。

供もつけず、慌てて走っているのは何事かあったのであろうか。とりあえず那兪はついていくことにした。どうやら王后の宮に向かっているようだ。

「お母様っ」

亘筧は宮に飛び込んでいった。

一緒に部屋に入り、窓辺でちょこんと羽を休める。美貌《びぼう》の王后は浮かぬ顔で、愛息を迎えた。

「修練の時間ではないの」

「それどころではありません。前王朝の寿白殿下が捕らえられたというのは本当なのですか」

　困ったように王后は吐息を漏らした。

「そのようね。お目にかかりたいと丞相に頼んだのだけど、断られました」

「……処刑するのですか」

「その予定らしいけど……」

　驚いたことに、亘筧は泣きそうな顔になった。

「だって飢骨を倒してくれたのはその殿下なのでしょう。何の役にも立たない私なんかよりずっと立派なのに」

「あなたはこれから立派になるのよ」

「お助けしたい。もう人が死ぬのは嫌です」

　亘筧は涙を零《こぼ》して、母の膝にすがりついた。

「民を守るのが王ではないのですか。父上は殺してばかりいるのでしょう」

「それが必要なときもあるの」

「でも、寿白殿下は民を守りました」

　王后はかなり困惑していた。王太子がここまで言うとは思ってもみなかったのだろう。

「私はずっと父上が怖かった。どれだけ敵を殺したかを笑って自慢する父上が嫌でした。心からご快復を祈ることもできないのです」

えっえっとしゃくり上げるように泣く子供を母親が優しく撫でた。

「……あなたに言わなければならないことがある」

「お母様？」

「私はあなたを守るためならなんでもできるの。どんなひどいことも」

子供はきょとんとして泣き顔を上げた。

「でもひどいことはしちゃ駄目です、お母様」

「……亘覧」

母親はまるで救いを求めるように我が子を抱きしめた。


那俞はその場から離れた。

この母子のことは気になったが、裏雲を探さなければならない。初めて見たときからあの男には引っかかるものがあった。

裏雲はどこにいるのか、宦官たちの部屋だろうか。奴の地位なら部屋を与えられているかもしれない。

そそくさと歩く月帰を見つけた。怪しげな女だが裏雲が先だ。そう思ったとき、月帰は木陰に隠れたかと思うと消えた。文字どおり消えたのだ。もう誰一人、木の陰から出てこなかった。

（そういうことか）

女は消えたが、代わりに蛇が地を這っていた。

この女は暗魅、それも人花《じんか》だったのだ。人花はたいてい見目の良い女に変化《へんげ》する。おそらく交わることで相手に毒を注ぐことができるのだろう。後宮にいて王に寵愛《ちょうあい》されていたというなら誰かに使役されている可能性が高い。

うまい手だと那兪は感心した。ここでは呪術は使えない。王の警護は万全だろう。しかし、寵姫の本性が毒蛇なら誰にもわからない。わからないまま王は暗殺されることになる。

那兪は蛇のあとを追った。蛇は壁をつたい開いている窓から入っていく。那兪もその窓から侵入した。

そこには裏雲ともう一人の女がいた。女というよりは少女だろう。侵入した蛇は体をくねらせるとたちどころに女の姿に戻った。

「揃《そろ》ったか」

裏雲は言う。

やはり月帰を使役しているのは裏雲だったらしい。となると、少女のほうも暗魅かもしれない。

「言われたとおり、後宮で噂を広めておいたわ」

月帰は寝台に寝そべった。蛇の姿を見てからだと、美女の姿をしていてももう蛇にしか見えない。

「ご苦労。おかげでどこもかしこも寿白のことで持ちきりだ。だが、これは王都でのこと。地方にまで拡散させるにはもう少しかかる。駐留軍から囲むように攻められれば、まだ勝てるかどうか」

この男は反乱を起こすつもりなのか。反乱だろうが戦争だろうが那俞には関知する気はない。それも人の世の流れであって、悪とは言い切れない。

（だが、それでまた何千何万と人が死ぬ）

殺し合う以外知恵はないものなのか。人と関わっていて、なによりそこに腹が立つ。

「ところで宇春。虫が湧いてきたようだ」

虫などどこにいるのかと思ったそのとき、少女が子猫になって飛びかかってきた。

（この猫……！）

蘭曜がみゃんと名付けた子猫だった。それが那俞めがけて襲いかかり、たちまち羽をその肉球で押さえつけられた。

「月帰、そこの籠《かご》を」

蛇女が言われるまま美しい装飾が施された小さな籠を持ってきた。気付かなかったが、これは虫籠だ。

抗《あらが》おうにも傷を負ったらしく、天令としての力を出せなかった。

「綺麗な蝶ね、これは暗魅？」

「いや。残念だが、使役はできそうにない」

裏雲に摘《つ》まれ、籠の中に入れられた。

——この籠は。

籠には細かく文様が彫られていた。天の文字だ。堕ちてしまえば天令も、いずれ人に仇《あだ》なすものに変わる。そのためそういった天令を捕まえるための呪文《じゅもん》がある。しかし、こんなものを普通の人間が知っているはずがない。この男は翼仙なのか。

「そう。光ることも逃げることもできないというわけです、天令様」

裏雲は薄く笑った。

——暗魅を潜り込ませていたのか。

「宇春は後宮に出入りする業者の荷車に乗っただけ。それがたまたま寿白様の居候先だった。この世は巡り合わせがすべてです」

——天令にこのような。ただでは済まさんぞ。

「威勢がよろしいようで。お名前を伺ってもよろしいですか。私は裏雲――又の名を、趙悧諒《ちょうりりょう》と申します」

第六章　譲位

一

私は寿白《じゅはく》、第十六代徐《じょ》王。

なりきるためにそうおのれに言い聞かせた。

趙《ちょう》将軍の子、悧諒《りりょう》ではない。殿下を逃がすためにおのれを捨てたのだ。いつかまた共に語り合い、描いた未来を実現させる、そのために。

だが——私は死ぬ。

悧諒は冷たい水の中で命の熱が冷めていくのを感じていた。追っ手に追われ、川を流れ、どうにか川岸で停《と》まったようだが、立ち上がる力も残っていなかった。空の青さだけがまだ辛《かろ》うじて生きていることを教えてくれているようだった。

「……殿下」

陛下と呼ぶべきなのだろうが、なかなか癖は直らない。

王太子と臣下ではなく、乳兄弟として、盟友として育ってきた。やがて玉座についた後宮の女たちに傅《かしず》かれようとも、我こそが唯一無二の伴侶《はんりよ》なのだ。そう思っていた。

守りたかった。

ただ殿下を守りたかった。

本当は国の行く末などどうでもよかったのだろう。歴史に名を残す賢王の半身として存在したかったのだ。

殿下は無事であろうか。徐国随一の武将である父が守っているのだ。すでに安全なところに身を寄せ、再起のための算段をなさっているに違いない。

(不甲斐《ふがい》ない俐諒を……お許しください)

意識が消えていく。

青空も薄くなって——あれは?

お迎えだろうか。大きな白い翼が見える。近づいてきて、手を差し伸べてくる。だが、もう……俐諒の意識はそこで切れた。

気がついたとき、目の前に灰色の髪の男がいた。

若くはないが知性を感じさせる面立ちには見覚えがあった。空から舞い降りた白い翼の持ち主だ。

「起きたか」

「……あなたは翼仙《よくせん》ですか」

男は悧諒に椀《わん》に入った白湯《さゆ》を渡した。

「そうだ。ゆっくり飲むといい」

今、男の背中には何もない。木造の小さな家だった。窓から見える景色からしても山の中であることがわかる。

「死んだと思いました」

「私も死体かと思った。せめて弔ってやろうと思って降りた」

「……ありがとうございます」

寝台から起き上がろうとしたら右足に激痛が走った。あまりの痛みに声も出ない。

「骨が粉々だ。その足は簡単には治らんぞ」

寝具をめくって確かめると、膝《ひざ》から足首までしっかりと布で巻かれ固められていた。

「また歩けるでしょうか」

「今までどおりとまではいかないだろうが、君は子供だ。時間をかければ引きずってでも歩くぐらいはなんとかなるのではないか」

悧諒は絶望した。それではもう武人ではない。せっかく生き残ったというのに、寿白を守ることなどできない。

両手で顔を覆った子供を見て、男はぽんと背中を叩《たた》いた。

「嘆くな。これも縁だ。ゆっくり養生するといい。新たな道も見つかるだろう」

男は粗末な流しに立ち、鍋《なべ》を掻《か》きまぜた。悧諒のところまでいい匂《にお》いがしてくる。

「私は侖梓《ろんし》という。人嫌いの白翼仙《はくよくせん》だ。君は着ている着物からしてかなり身分のある者の子弟ではないかと思うが、名前を訊《き》いておこう」

名前……今ここで名乗ることはできない。この翼仙が完全に味方かどうかもわからないのだ。

いつまでも名乗らない少年に呆《あき》れたか、侖梓はくすりと笑った。

「ワケありか。今はこの国もかなり荒れているようだから、いろいろあったのだろうな。動けるようになるまではここにいればいい。ある程度の面倒はみてやる。では勝手に名前をつけてやろう。裏雲《りうん》でいいか。幼い頃死んだ弟の名だ」

黙って肯《うなず》いた。

「まずは食べるといい。飢えは人を魔物にする」

野菜と魚の入った汁を差し出された。

確かにひどく空腹だった。もう殿下のためにできることはないのかもしれない。なら生きていても仕方がないのに、子供の体は貪欲《どんよく》に食べ物を求める。今までこんな浅ましい食べ方をしたことはなかった。気がつけば泣きながら食べていた。


歩けない間、悧諒は取り憑《つ》かれたように本を読んだ。さすがに翼仙だけあって素晴らしい蔵書だった。歴史、兵法、算術、暦学からかなり怪しい呪術《じゅじゅつ》や天令《てんれい》に関することまで、あらゆる知識がここにあった。

戦えないなら知識で殿下を支えたい。そう思えるところまで気持ちも快復していた。元々文武両道で知られ、学者たちからうちで学ばないかと誘われるほど利発な子供だった悧諒には、勉強も楽しかった。

杖《つえ》をついて歩けるようになったときには季節が変わっていた。

殿下はどうしただろうか。こんな山の中ではさっぱり情報は入ってこない。たまにしか翼を役立てない侖梓に訊いても要領を得なかった。

それでもある日、侖梓《こう》が教えてくれた。

「徐は滅んだ。今は庚《こう》と国名を改めたようだな。山賊上がりの男が王になっているというから世も末だ」

わかってはいたが、辛かった。

「……他には何かわかりませんでしたか。王太子殿下のことなどは」

「逃亡中だと聞いた。まだ捕まってはいないようだが、大部隊を投入して探しているとか」

それを聞いて不安でならなかった。

「越を頼ったのでは」

「そのくらいのことは今の王でも予測はつく。亡命は簡単にいかないだろう」

「ですが、越の王后陛下は先の陛下の叔母上。受け入れてくださる筈です」

「どうかな。どこの国でも決して関わりたいことではない。越国は暗魅の来襲があって被害も大きかったと聞く。王后陛下の一存では難しいのではないか」

世捨て人のように暮らしてはいるが、そこは白翼仙。よく世情を知っている。越に逃げられなかったなら、殿下たちはいったいどうなってしまうのか。

「再起を図るなら朱雀《すざく》玉だけは山賊王に奪われてはならん」

玉は寿白が身の内に宿している。

「玉にはどんな力があるのでしょうか」

「見たことがない、わからんさ。ただ想像はつくのではないか。王都が魔物に襲われることは少ない。もちろん迎え討てるだけの充分な兵はいるだろうが、ある程度知性のある暗魅《あんみ》はともかく、魄奇《はくき》は人の怨念《おんねん》と本能の具現だ。王都は警備が厳重だからやめておこうなどと思うわけがない。それでも王都の被害は少ない」

「魔除《まよ》けなのですか」

「そう考えるのが合理的だ。万能ではないにしろ、せっかくの天の贈り物を役立てているとは思えない」

「……知らないのです。即位の際、天令を呼び出すためのものと思われていて、天窓《てんそう》堂《どう》の中で大事に飾られているだけです」

だが、その玉は今寿白とともにある。つまり真の王は、魔物からの危害だけはあまり受けていないのではないか。簒奪《さんだつ》者が差し向けた追っ手には役に立たずとも、少しは守ってくれているはずだ。

「それは残念な話だな」

「先生が王に教えてくだされば」

この頃には悧諒は命梓を師と仰いでいた。

「翼仙は天の一部だ。王政に関わるなどしない」

「これほどの知識や力を世の役に立てないのは間違ってはいないでしょうか」

「すまんな、裏雲。我らは求道者だ」

俗世に関わらない意志があればこそ、翼を授けられる。それはわかるが、これほどの知恵者に王政で活躍してもらうことができればどんなにか……惘諒には納得しきれないものがあった。

二年が過ぎ、惘諒は杖なしでも歩けるようになっていた。それでも足は引きずる。走ることもできない。だが、これ以上は治らないらしい。侖梓が治療してくれていなければ、今でも寝たきりだっただろう。それどころか死んでいたのだ。

殿下を探しに行きたい。

だが、この足ではそれも叶《かな》わない。

毎夜のように寿白の夢を見る。あるときは血だらけになっている姿を、あるときは泣いている姿を。

（……殿下）

せつなくてどうにかなりそうだった。

「君は聡《さと》い。このまま翼仙を目指してみたらどうだね」

侖梓が言う。

正直、嬉《うれ》しかった。知の神とも言われる白翼仙に認めてもらっているのだから。自分のような怪しげな子供を助けてくれた。悧諒は師を心から尊敬し、憧《あこが》れている。翼仙になれたらどんなに誇らしいだろうか。

白い翼で空を飛び、この世を見下ろす。考えただけでも夢心地だった。翼仙になれば寿白を探せる。膨大な知識と術で王になった寿白を支えることもできる。

「どれほどの修行が必要なのでしょうか」

「私は二十年かかった。それでも早いほうだろうな。もちろん、どれほど努力しても翼仙になれずに終わる者がほとんどだ。地仙《ちせん》の多くはそのクチだよ」

二十年……それでは遅すぎる。

一刻も早く寿白を探し出したい。どれほど苦労しているだろうか。早く国を取り戻して、あの素晴らしい子供を玉座に座らせたかった。

(どうすればすぐに翼仙になれるのか)

蔵書の部屋から悧諒は翼仙に関する手書きの本を見つけた。どうやら侖梓が書いたもののようだった。

どれも興味深いものであったが、悧諒が注目したのは黒翼仙《こくよくせん》に関する記述であった。

(本当にいるのか)

暗魅は元々、魔物という種族である。魄奇は死者だ。黒翼仙はこのどちらにも該当しない、罪深き人のなれの果てという扱いだった。むやみに口に出すことも憚《はばか》られる。勝手にその姿を想像するなら、黒い翼と長い爪《つめ》、つり上がった赤い目の怪物という像が浮かび上がる。

黒翼仙とは何か。どうすれば黒翼仙になるのか——その記述は悧諒を愕然《がくぜん》とさせた。白翼仙を殺せば黒翼仙になる。殺した白翼仙の知識も能力もそっくり受け継ぐ。だがその翼は黒くなり、心は蝕《むしば》まれ、罪を犯して十年もすれば、天の火に焼かれて死ぬとあった。

（考えてはいけない）

悧諒は激しく頭を振った。人の道を逸《そ》れた者に寿白王を支える資格などない。強く自分に言い聞かせた。

ある日、悧諒は山で旅人に出会った。

その男から簒奪者の王の治世がいかにひどいものかを聞いた。占い程度のことしかしていない術師までが皆殺しになっているという。考えが異なれば官吏でも残虐に処刑しているらしい。この旅人は処罰されかかったところを逃げてきた官吏だった。

「丞《じょう》相《しょう》は腰巾着《こしぎんちゃく》に過ぎず、王の言うがまま。もはや耐えられない」

「徐の王太子殿下はどうなったのでしょうか」

「まだ捕まってはいないが、賞金をかけられている。匿《かくま》えば一族郎党殺されてしまうので、おそらくどこかの山中にでも潜んでいるのではないかと思う。この間も寿白様隠匿の罪で村が焼かれた。村の者は殿下の素性など知らなかったというのに、問答無用というわけだ」

血の気が引いた。自分がこんなところで穏やかに過ごしている間、殿下はどれほどの苦難に遭われていたことか。

「……越への亡命はできなかったのですか」

「そりゃ戦争になりかねないことは向こうもしたくはないだろう。一緒にいた兵士も残り少なく、寿白様の首が都に差し出されるのも時間の問題だと囁かれている」

悧諒はその男と別れ、小屋に戻った。

急がなければ、早くお助けしなければ。きっと悧諒は死んだと思っているだろう。

そんなことを思うだけで正気を失いそうだ。

(白翼仙を殺せば黒翼仙になれる)

頭の中でぐるぐると回っている。

十年で死ぬことなどどうでもいい。今、寿白を助けることのほうが大事だった。

私が救わなければ、殿下は殺されてしまう。

「裏雲、水を持ってきてくれるか」

寝台で休んでいた命梓に言われ、水を運ぶ。

「翼仙は人の倍の寿命を持つが、私も百四十歳だ。長くはない。その前におまえの身の振り方を決めておかないとな」

「……先生」

いつもより弱々しく見える師を見下ろした。命梓は水を飲んで目を閉じた。老人には見えないが、最近では飛ぶこともできないくらい弱ってきた。

(力をください)

流しから隠し持ってきた小刀を手にした。堪《こら》えきれず涙が溢《あふ》れる。自分は恩人を殺《あや》めるのだ。知識と力を奪うために。

「ごめんなさい!」

悧諒は眠る命梓の胸に切っ先を振り下ろした。

＊　＊　＊

裏雲は長く吐息を漏らした。

最悪の思い出が今でも自分を苦しめる。

背中から黒い翼が広がっていく痛みは身を裂かれるようだった。だが、それ以上に辛かったのが師匠の亡骸《なきがら》だ。あれほど良くしてくれた師をこの手にかけたのだ。およそこれ以上のものはないという罪を犯して、裏雲は知識と翼、それどころか健康な足と別人となった顔まで手に入れた。

裏雲は翼を駆使して国中を探し回った。寿白を見つけ、敵を殺し、必ずや復権を果たすのだ。

だが、見つからないまま二年が過ぎた頃、寿白と趙将軍の首が王宮に運ばれたと聞いた。そのときの脱力感は表現できない。確認したい一心で宦官《かんがん》となり後宮に入った。当時は宦官の数が少なく比較的容易になれた。だが、すでに埋葬されており、首を確かめることはできなかった。ただ、首に添えられていた剣と装飾品は、間違いなく寿白と趙将軍のものだった。

どれほど打ちのめされたことか。残されたのは復讐《ふくしゅう》だけだった。異例の出世を遂げ、王を殺し、庚国を滅ぼすために動いた。それが叶おうとしていたときに、寿白が現れた。

「生きていたなら、何故《なぜ》もっと早く……そう思わないか、天令様」

籠《かご》の中に話しかけたが、可愛《かわい》らしい蝶《ちょう》は答えてくれなかった。ぐったりと横たわり、顔をそむけている。

来客らしく戸が叩かれた。もう夜も遅いというのに、今度は何があったのやら。

「夜分、申し訳ございません」

戸を開けてやると、宦官の男が困り果てた顔で立っていた。

「何用ですか」

「それがその……王后《おうごう》陛下が丞相閣下の許可なく塔の獄へ入られたそうです。最上階にいる囚《とら》われ人に会いたいとおっしゃったとのことで。閣下とはまだ連絡がつきません。閣下がいらっしゃらなければ裏雲様に相談するのが確かであろうと」

丞相の次に権限のある官吏もいるはずだが、あてにならないのだろう。この国の人材不足は救いようがない。

王后の思惑はわからないが、いずれにしろ放っておくわけにはいかない。

「すぐ参ります。このことは他言無用で。塔にも他に人を入れないように」

二

机の上に椅子《いす》を置き、その上まで登ると天窓が近くなる。もちろん掌《てのひら》二つほどの小さな窓からは抜け出すなどできないが、通り掛かる鳥をなんとか呼び込むことはできた。飛牙《ひが》はその鳥に頼んで石を運んでもらった。

片足につけられた鎖は比較的細い。布で鎖を巻き、見張りが交代するわずかな隙《すき》を使って石で叩いた。そうして数日、ようやく足の縛《いまし》めから解放された。もちろん、鎖が切れた部分は見えないように隠しておいた。

あとは那俞《なゆ》が戻ってくるのを待つだけだ。

かつかつと足音が近づいてくる。女の足音のように聞こえるが、この国には女性兵士はいない。女性官吏なら少数いるが、獄舎に上るような仕事はしていないはずだ。

「お下がりなさい」

女の声がした。

「しかし陛下、規則です。丞相閣下はご存じないのではありませんか」

「お黙り。私がこの場を離れるように命令しているのです」

「は……はい」

見張りの兵は慌てて降りていったようだ。

(しかし、陛下ってことは)

陛下と呼ばれる女は王后だけだ。それは庚でも同じだと思う。飛牙は念入りに鎖と足下を隠すと、寝台に腰をおろした。

(どうする?)

相手が女なら組み伏せるのも簡単だ。王后を人質にすれば、おそらくうまく逃げられるだろう。だが、王后は何しに来たのか。

重い音をたてて扉が開いた。女は頭からすっぽりかぶるような外套《がいとう》を身につけていた。はっきりとは見えないが、さすがに美女のようだった。

「寿白様……言われてみれば面影がかすかにありますね」

女は中には入らず扉口のところに立っていた。

「俺を知っているのか」

「ええ。私は許毘《きょび》王にお仕えしていましたから」

父の名が出る。そういえば王后が徐の女官だったという話はどこかで聞いた。

「名前を訊いてもいいか」

王后は外套を外した。その顔には見覚えがあった。

「……彩鈴《さいりん》か」

「覚えていてくれたのね」

安堵《あんど》したのか、くだけた言葉遣いになった。

「そりゃ俺の世話をしてくれていたからな」

彩鈴は王太子付きの侍女だった。当時は十八くらいだったはずだ。元気でおおらかで、女官の中でも寿白のお気に入りだった。

「よくご無事で」

「やさぐれたろ」

「いいえ、いい男ぶりだわ」

王后陛下に褒められた。

「暗い目をして、どれほど苦労したのでしょうね……ごめんなさい」

今の自分の立ち位置を詫《わ》びているのだろう。

「仕方ねえさ。言うこと聞かなきゃ殺されてたんだろ」

「ええ……私は生きなければならなかった」

王后はふっと溜《た》め息《いき》を漏らした。

「寿白様が現れて、正直とても複雑な気持ちなの」

「だろうな。今となっては俺は敵だ」

夫にとっても我が子にとっても、このうえない脅威だ。

「私ももう人の親だから。あの子を守りたい。庚国は終わりかもしれない。それでも寿白様が受けた仕打ちを亘覧《こうけん》に背負わせたくない」

よくわかる。母親はそうあるべきだ。

「それでいいさ」

「丞相がいないから、今なら無理がきくと思って来たのよ。私、寿白様を殺すことを考えていたわ」

それも意外ではない。わざわざこんなところまで来るということは、その覚悟があったのだろう。

「でも亘覧に叱《しか》られたわ。ひどいことはしちゃいけないって」

王太子はよくできた子のようだ。

「俺は処刑されるんじゃないのよ」

「丞相は処刑したくても踏ん切りがつかないのか」

今、この女を人質にして逃げるべきか考えていた。あれから那俞が来ないのは気になるが、これ以上の機会が訪れるとは思えない。

「逃げて」

王后は唐突に言い出した。

「私には殺せない。寿白様が処刑されれば間違いなく大暴動になるわ。逃げてほしい」

「逃げたら今度は俺が、易姓革命とやらを起こすとは思わないのか」

王后は唇を嚙《か》みしめた。

「そうすれば彩鈴の子が逃げ回る番だ。あるいはその前に殺されるか。俺が勝ったら他に未来はあるか。俺が彩鈴の子を殺すなんて嫌だと思っても、国を平定するには嵩《すう》徳《とく》王の男児を放っておくわけにはいかない。良くて一生監禁だ」

ここを出れば、徐国再興を目指さないわけにはいかなくなる。

「寿白様……あの子は」

王后は言いかけて口籠《くちご》もった。

「寿白様が処刑されても反乱の引き金になるわ。どうなるのがこの国にとっていいのか私には判断できない。なら、今最善だと思うことをするしかない」

彩鈴も腹をくったのだ。金槌《かなづち》と縄と脱いだ外套を床に置いた。

「さすがに足の鍵《かぎ》は手に入らなかったわ。これで鎖を壊せないかしら。外したらこの外套を着て顔を隠して、王后になりすまして出ていくのよ。私は寝具をかぶって明日までここにいるわ」

本気で逃がしてくれるらしい。手荒な真似《まね》をするより、このほうがいいのは確かだ。

「後宮に入ったら城壁に上がってそこから縄を使って逃げて」

飛牙は肯いた。鎖の外れた足を見せてやる。

「こっちはもうなんとかなっている。誰か上がってくる前に逃げるぞ」

「こんなところでそんなことができるなんてたいしたものね。では、急いで。塔を出たら黙って兵に鍵を渡してね。一言も話しては駄目」

わかったと応え、飛牙は外套を羽織った。これなら背丈の違いなどはわかりにくい。

「彩鈴、ありがとう」

王后が持ってきた灯を手にし、しずしずと階段を降りていった。

七階分の高さのある塔を降りると、一階で見張りの兵が待っていた。ほっとしたように駆け寄ってくる。

「二度とこのようなことのなきようお願い申し上げます」

飛牙は黙って肯くと鍵を手渡した。

塔から出て後宮へと向かう。周りにいる兵が近寄ってくるが、かまうなというように片手で制した。不審に思われても王后に無礼を働ける者はいない。

（……まずいな）

後宮の門の前に裏雲が立っていた。青白い月明かりがこの男にだけ当たっているかのように見える。

「寿白様とお会いになったのですか」

ここも黙って肯くしかない。この男は切れ者だ。やり過ごせるだろうか。

「埃《ほこり》が」

裏雲が外套を手で撫《な》でた。

「お疲れでしょう。早くお休みください」

どうぞ、と先を促された。

不思議には思ったが、行くしかない。飛牙は後宮に入ると小走りした。途中、灯を消し、階段のある城壁に向かう。壁は昔から変わっていないので場所は見当がついていたが、夜であることもあり少し戸惑った。

「寿白様ですね」

子供の声がして、はっと振り返る。そこには男の子がいた。身なりからしてこの子は王太子だ。

「お母様から聞いています。城壁の階段はこちらです」

子供は先に立って駆け出した。

「亘筧殿下か……いいのか」

「残念だけど、父上では国を守れないのです」

認めることは子供でも屈辱だっただろう。だがそれができる強さに驚いた。

(この子は……)

王后が何を言いかけたのか察した。

「ここからなら見張りの兵にも見つかりません」

「ありがとな、彩鈴を頼む」

亘筧と別れ、城壁に上った。

月明かりは心もとない。すぐさま、縄をおろすと飛牙は身軽に壁を降りていった。

飛牙は空き家の屋根裏に潜り込んでいた。

都を出ていくのも難しいが、出ていけば戻るのも大変になる。夜明けを眺めながら、これからどうするかを考える。まもなく街に兵が出る。逃げた寿白を捕まえるためだ。

徐国を追われた悲劇の寿白王は悪を懲らしめこの地に君臨する——裏雲や王后はそんなふうに高評価してくれているようだが、実際反乱軍を組織して国をひっくり返すとなるとどれだけの民の人生を狂わせて、血を流すのか。

自分の血は大安売りできても、人のはそうもいかない。

(寒いな)

朝方は冷える。飛牙は王后の外套を羽織った。その際、襟のところに血らしき染みがついているのに気付いた。

逃げる途中、どこかで怪我《けが》をしたかな、と思い手足を調べてみたが、それらしき傷はなかった。

きんと耳鳴りがして、耳を押さえた。

『殿下、起きてらっしゃるのでしょう』

裏雲の声だった。驚いて辺りを見回す。

「……てめえ」

透き通った男の姿が揺れていた。薄くはっきりとは見えないが、裏雲に間違いない。

『実体ではありませんので、斬《き》りつけても無駄です。王后を味方につけて逃げるとはさすがと言うべきか否か』

外套の血だ。自分の血を相手の体や持ち物につけて連絡をとれるようにする妖《あや》しげな術があるというのは飛牙も知っていた。

「わざと逃がしたのか」

『あなたは逃げない。可愛らしい蝶々は、ほらご覧のとおり』

裏雲の掌に虫籠《むしかご》が浮かび上がった。

「那兪っ」

『それがこの天令の名ですか。頑《かたく》なに教えてくれなかったんですよ』

籠の中の那兪は横たわったまま動かない。

『私の部下が捕まえたとき、少し怪我をさせてしまいました。普通ならすぐ元気になられるのでしょうが、この籠に入っていると天令といえど力は出せないというわけです』

「……目的はなんだ」

『まずは二人だけで会いましょう』

裏雲は場所とおおよその刻限を指定してきた。

『では、これにて』

「那兪を連れてこいよ」

少し笑って裏雲の姿は消えた。

(天令が人質になってどうすんだよ)

助けるのは当然だが、それがなくとも裏雲とは話したかった。話さなければいけないという焦燥すらあった。

三

その場で仮眠をとり、日が高くなって外に出たが、街に兵が出ている様子はなかった。

てっきり寿白を探すため物々しくやってくるかと思ったが、どうやら先王の子を逃がしたということを公にできないほど庚は弱体化しているらしい。

代わりに耳にしたのはもっと物騒な話であった。街に本格的な反乱組織ができたらしいという噂《うわさ》だ。

「飛牙じゃねえか」

男が一人駆け寄ってきた。皓由《こうゆ》の友人だった男だ。飢骨《きこつ》に荒らされた街を片付けているとき顔見知りになった。

「おまえが徐の王太子だったんじゃねえかって話を聞いたぞ、蘭曜《らんよう》のところから連れていかれたって」

いきなり言われて飛牙は慌てて男を物陰に連れ込んだ。

「でかい声でするような話かよ」

「ああ、わりい。でも街にいるってことは違ったんだな」

少し考え込んで飛牙は肯いた。

「殿下はまだ塔の獄舎だろう。俺は従者だ」

「なんだ従者か。そりゃそうだよな、殿下なんて呼ばれるもんにはとても見えねえ」

苦笑いしか出ない。これでも十年前は誰もが認める眉目《びもく》秀麗な王太子様だったのだが。

「では寿白殿下は本当に生きていらっしゃったのだな。皓由たちを助けてくださったのも殿下なんだな」

「まあ……そうだな」

寿白は英雄。だが、それは俺じゃない。そういうことにしておいたほうがいい。

「ならおまえも助けようとしてるんだろ、じゃ一緒に――」

「おっと、俺は他にやらなきゃならないことがあるんだ。おまえも無理するなよ」

男を残し、飛牙は走り去った。


裏雲から指定された場所は使われていない妓院《ぎいん》だった。この地域は王都の開発に伴い移転し、今は国が所有している。徐の頃からこのままで、庚ではうまく活用できずに放置されていたものらしい。

入り込んでいる浮浪者が何人かいるが、見つかると厳しい処罰を受けるので決して屯《たむろ》することはない。

壊れた家屋の隙間を縫うようにしてかつての妓院に入った。

中は昼間でも暗く、一歩進むたびに埃が舞う。それでも妓院だった頃の艶《つや》っぽい造りはまだ残っている。

「いるのか」

「います」

奥から裏雲が現れた。

「那兪は？」

「ここにおります」

持っていた物から布を外した。虫籠の中で那兪は動かなかった。

「無事なんだろうな」

「今は。早く出してあげたほうがいいのは確かです」

足下に虫籠を置いた。飛牙に近づいてくる。

「おまえの目的は庚を滅ぼすことなのか」

「嵩徳を殺し、庚を滅ぼす。そのために後宮で働いていました。つまりあなたにとって私ほどの味方はいません」

裏雲を見ていると胸苦しくなる。人の顔は忘れないほうだが、過去に会った覚えはない。それなのに知っている気がしてならなかった。

「誰だ……会っているよな？」

「そんなことより、先の話をしませんか。王はまもなく死にます。王太子亘筧は幼い。そしてあなたは寿白王で、今や王都の英雄だ。戦《いくさ》になっても勝てます。庚軍には我が手の者もおりますゆえ、ご安心を」

上げ膳《ぜん》据え膳のようなことを言われ、飛牙は鼻白んだ。

「俺は無能の王だった。何一つ報いることなく、多くの兵も民も死なせた。子供だったとか言い訳にもならねえんだよ。今更そんなもの担ぎ出してどうしようってんだ。おまえの魂胆がわからない」

裏雲の眉根《まゆね》が寄った。もしかして悲しんだのかもしれない。

「言うな。私は殿下のために生きてきた」

「……悧諒なのか」

それしか考えられなかった。ただその顔に面影はない。悧諒はもっと柔らかな顔立ちの子供だった。今はなんというか研ぎ澄まされている。

「ご明察」

飛牙はだっと駆け寄ると、思い切り抱きしめていた。

「くそ……なんだよ、よかった」

寿白の身代わりになった少年が生きているなどと、思ってもみなかった。悧諒が寿白として殺され、まもなく事が露見して国中に寿白狩りの触れが出されたのだとばかり思っていた。

「……お互い様だ」

互いに死んだと思っていたということだろう。当然だ。だが、裏雲は飛牙を抱きしめようとはしなかった。そのことに違和感を覚える。

「なあ、顔が違うぞ」

「大きな変化があったからね」

顔が別人になるほどの変化とはなんなのかはわからないが、そんなことはどうでも良かった。今はただ再会を祝いたかった。

「飢骨を倒したのは殿下か。誇らしいような悔しいような……複雑だよ」

「悧諒、趙将軍は……」

「それはいい。父は武人だ」

裏雲は抱きついている飛牙を引き離した。

「私の目的は長らく復讐だけだった。それはもう終わったようなもの。しかし、殿下は今こうしていらっしゃる。庚軍を殲滅《せんめつ》し、屍《しかばね》の山を築いてでも玉座を奪い返すのだ。私は表に立つことはできない。総大将は殿下でなくてはならない」

「それは――」

戸惑いから言葉を失っていると、見たことのない娘が廃屋に入ってきた。

「どうした？」

訊いたところをみると、裏雲の知り合いらしい。

「城正門に暴徒が」

その報《しら》せに裏雲はすぐさま妓院の廃屋を出た。城の方角に目をやる。

「数は？」

「たぶん千五百」

「それでは殲滅されるだけだ。何故早まったことをするのか。これだから愚民は」

裏雲は振り返ると、飛牙に虫籠を渡した。

「急いで帰らなければならない。殿下……私を嫌いにならないでくれ」

息を吸い、目を閉じると裏雲の背中から黒い翼が広がった。

「悧諒……！」

信じられないものを見て、飛牙は目を瞠《みは》った。

左右に大きく広がった翼を羽ばたかせ、裏雲は空高く舞い上がった。黒い矢のごとく、城へ飛び去っていく。その様を見上げ、飛牙は唇を震わせていた。

飢骨を都へ呼び寄せたのは裏雲だったのだ。あの悧諒が堕《お》ちた人の末路である黒翼仙になったというのか。

白翼仙を殺せば黒翼仙になる――聞老師《ぶんろうし》から聞いた話を思い出し、飛牙はがっくりと膝を落とした。

――開け……ろ。

那兪の声がした。籠の中でなんとか体を起こそうとしている。飛牙は籠の掛けがねを外し、戸を開けて指を入れた。蝶は弱々しくその手にすがりついてくる。

「塩梅《あんばい》はどうだ」

――いいわけがない。あの猫にやられた。

「あの猫？」

――蘭曜が拾った、みゃんだ。さっきの娘がそれだ。

「みゃんは怜諒の手下だったのか。そういやあの娘はどこだ」

――猫に戻って裏雲の懐に入った。我々も城へ行かなくては。

「おう。ケリをつけてやる。つかまっていろよ」

那兪を肩に乗せ、城を目指して走った。

街は騒然としており、女子供まで城に押しかけようとしていた。興奮状態の民衆を押しとどめるのは難しい。

暴徒の数が膨れあがれば、その勢いで軍を圧倒できるかもしれないが、犠牲ははかりしれない。

「城壁の門で小競り合いが始まっているだろう。簡単に開く門ではない。どうやって中に入るかな」

――私が中に入って後宮側から縄を落とす。

「大丈夫か」

――もう治った。天令はめったなことでは死なない。

那兪の答えが頼もしい。

今、飛牙が目指すところは三つある。一つ目は極力犠牲を出さず争乱を鎮める。二つ目は悧諒を取り戻す。そして玉座を――


暴徒はほとんどが正門に集まっていた。

上から矢を射かけられても怯《ひる》まない。下からも弓で応戦し、兵を倒していく。門戸に大きな丸太をぶつけ、破ろうとしていた。

「暴君を殺せ」

「寿白殿下を救え」

その叫び声に飛牙の胸は痛んだ。

俺を死ぬ理由にするな――この十年、どんなに叫びたかっただろうか。それでも今は後宮側へ急ぐ。約一里全速力で走ったところで声がした。

「飛牙、ここだ」

城壁の上に少年の那兪がいた。

那兪が縄を下に降ろすと、飛牙は簡単に上りきった。暴徒が上ってこられないようすぐに縄を回収する。

「後宮の女たちは一所に集まっていて、兵が守っている」

「嵩徳を捕まえられないか。野郎の首をとれば騒ぎは収まるだろ、兵の士気も落ちる」

「王の寝所はこっちだ」

那俞のあとに続いた。

「ただ、王は死んでいてもおかしくない。裏雲が暗魅の女を使って毒を盛っていたようだ。あれはとんでもない男だ」

「だとしても、悧諒なんだよ」

背中に黒い翼が生えていようが、極悪非道だろうが、悧諒が生涯の友であることに変わりはない。

数人の兵が血を流して倒れていた。暴徒は未《いま》だ門を破ってはいないだろう。何故、兵が殺されているのか。

「あそこが王の寝所だ」

見張りの兵が斬られたということか。城の中でも内乱が起きているのだろうか。

「来たのか」

中に裏雲がいた。その足下に赤黒いものが広がっている。着物が残っているところを見ると人の残骸《ざんがい》だろう。

「それは……嵩徳王か」

「最期をこの目で見たかったが、少し遅かった」

そのために邪魔な見張りも殺したということか。

「……これじゃあ誰だかわからない」

那俞が呟《つぶや》いた。首を見せて、兵と暴徒の両方を鎮めるという俄《にわか》作戦は使えそうにない。

「すまないな。国盗《と》りに舵《かじ》をきったのは数日前だ。もっと早く殿下に現れてほしかったものだよ」

裏雲はこちらの策を見通していたらしい。

「那俞、頼む」

心得た、というように肯くと那俞は後宮の奥へと走り去った。

「もういいだろ、悧諒。これで終わったんだよ。野郎が死んだことを伝えて事態を収束しようぜ。丞相はどこだ。奴《やつ》にそれを言わせれば、ここの兵たちも信じるだろ」

「丞相はこれを見て先ほど飛び出していったようだ。誰も入れるなと兵に命じて。おそらく逃げたのではないかな」

王様が王様なら側近も側近だ。こんな連中のせいで苦労させられたのかと思うと泣けてくる。

「外はただごとじゃねえ人数が集まっているぞ」

そのようだ、と裏雲は笑った。

「さすが、寿白殿下は人徳がある」

「んなもんあるかよ。流言が一人歩きしちまってるんだ」

その流言をばらまいたのが裏雲だ。

「この城が落ちるのは時間の問題だ。だが、まもなく各郡から兵が押し寄せてくるだろう。九つの郡の太府《たいふ》はほとんどが嵩徳が山賊だった頃からの付き合いで気が荒い。中には忠誠心が強い者もいる。だからこそ、そちらを攻略する時間が欲しかった。うまくいかないものだな」

「それじゃあ都が戦場になっちまう」

「確かに殿下が治める国が荒れるのは困る」

違う。そうじゃない。苛々《いらいら》して、思わず裏雲の胸ぐらを摑《つか》んだ。

「誰が王様でも国が荒れていいわけないだろうが。おまえどうしたんだよ」

「殿下の知っている悧諒は死んだ。ここにいるのは——」

「うるせえっ、おまえの知ってる寿白だって死んでるさ。でも、根っこまでは変えられねえ。だから俺が生きていたことを喜んでくれたんだろ。結局王じゃない俺になんか何の価値もないか」

　裏雲は目を見開いた。

「何故そんなことを言う」

　ここで裏雲にはっきり言うべきか否か考えていたとき、奥から那兪が戻ってきた。

「危なかった、毒杯の用意をしていたぞ」

　王后と王太子を連れていた。

「寿白様、この子に慈悲をいただけませんか」

　那兪に教えられ、飛牙は安堵した。その点を案じて那兪に探しにいかせたのだ。

　さすがに憔悴《しょうすい》して、王后はその場に跪《ひざまず》いた。

「……彩鈴」

　飛牙も膝をつき、王后の手を取った。

「時間がねえ。本当のことを言ってくれ。王太子の親父《おやじ》は誰だ」

　王后は瞠目《どうもく》した。

「……許毘王です」

　思ったとおり、王后は父の名をあげた。亘覧を見たときから飛牙は確信していた。許毘王の幼少時代の肖像画によく似ていたからだ。

「身籠《みご》もったことに気付いて陛下にお知らせしようとしたのですが、折悪く反乱軍が攻めてきて、機会を逸しました。たとえこの身を投げ出しても陛下の子を守りたかった。とはいえさすがに王后にまでなるとは思ってもみませんでした。ただ亘筧が王になれば、名前は庚という国でも事実上徐の血統が続くことになります。それが私の戦いでもあったように思います」

気丈で男勝りの彩鈴は母とはまったく違う女だったが、芯《しん》の強さはよく似ているようだ。

「なら、揉《も》めることあねえ。亘筧っ、毒なんか飲んでる場合じゃねえ。兄貴の命令だ、玉座につけ」

飛牙が叫ぶや、その場にいた全員が絶句した。

「……何を」

裏雲の唇が震えていた。それに気付き、飛牙が裏雲に向き合う。

「すまない。だが、俺はろくでなしだ。これじゃ山賊が王様になったのと変わらねえ。それに……那兪！」

天令の少年を呼んだ。

「第十六代徐王寿白は、弟の亘筧に玉を渡して譲位する」

「しかし、王太子は幼い。この難局を乗り切るのは難しいだろう。それに今まで庚の王太子だったのだ。兵はともかく民衆が納得しない」

那兪は突拍子もないことを言い出した飛牙に異議を唱える。

「だから、連中の見てるところでやるんだよ。おまえにも人前に出てもらうぞ。せいぜい神々しく頼む」

「王太子が迎玉《げいぎょく》できるとは限らない。めったに叶うものではないのだ」

「どうせ誰も迎玉の意味を知らない。玉を宿す必要なんかないんだよ——そこの男！」

この様子を見ていた武将がいた。

「雑号将軍《ざつごうしょうぐん》の楊栄《ようえい》と申す。寿白殿下とお見受けします。それがし丞相閣下を探しておりました」

「丞相は消えた。宦官裏雲殿と王后陛下とも話し合った末、このように至った。国の荒廃を憂い、これ以上の死人を出したくなくば、我の指示に従え」

「はっ！」

楊栄は片膝をついて従う姿勢を見せた。亘筧が庚王の子でない以上、この状況を収めることができるのは寿白しかいないと判断したためであろう。

「庚王は死んだ。庚を継ぐ血統の男子はいない。徐王寿白がこれより弟亘筧に譲位し、この地に徐の復活を宣言する。即位の儀を公開するゆえ、民への攻撃を今すぐやめるよう。騒いでいる民衆にもこのことを伝え、民衆の代表を見極めたうえ暴動を止めさせろ！」

「ははっ」

楊栄将軍はすぐさま駆け出した。

四

飛牙は寿白王として、城壁に立った。

「聞け、王国の民よ」

その朗々たる声はあまねく響き渡った。集まった民衆の前でせいぜいはったりをかます。それがこの場を収める唯一の方法だ。

「我は徐国許毘王の子にして第十六代徐王寿白。長らく帰ることができず、国に混迷をもたらしたことを心からお詫びする」

そもそも王はめったなことでは民衆の前に立たない。それが詫びたのである。それだけでも民の度肝を抜くには充分だった。

「こちらへ」

飛牙は亘覧と彩鈴に上に上がってくるよう、手招きした。

「ここにおるは簒奪者の后《きさき》ではなく、許毘王の寵姫《ちょうき》彩鈴である。この亘覧もまた簒奪者の子ではなく我が弟である。徐を再興するための止《や》むを得《え》ない策ではあったが、二人には大変な忍従を求めてしまった」

民衆と兵から驚きの声が上がる。これにより彩鈴と亘筧が最初から徐の側にあったこと、さらに許毘王と寿白の知謀をも知らしめたのだ。真実はこの際重要ではない。

「我が父の失策と簒奪者の独裁により民を苦しめてしまった。今日よりは一つ一つ正していくことを約束する。無論容易《たやす》いことではないが、我が弟亘筧ならば誠実に応えていくだろう。これより我は亘筧に徐王を譲位する」

どよめきが起こった。当然だろう、颯爽《さっそう》と現れた若き王が幼い弟に位を譲るというのだから。

「何故です、王は寿白様であるべきです」

民衆の代表格らしき男が前に進み出た。そうだそうだと声が続く。

「いや、それよりも本当に寿白様であられるのか。もうなにもかも信じられない」

そうした声も上がった。

「その疑惑ももっともである。この身が王である証《あかし》を見せよう——天令よ」

飛牙は両手を天に差し出した。

その声に応えるように光が線になって降りてきた。ほとんどの人間が天令など見たこともない。それが淡い光とはいえ、形になって現れたのだから皆固唾《かたず》を呑《の》んで見守るしかなかった。

「お預かりした玉をお返しいたすゆえ、我が弟に授けよ」

光に促され、飛牙の体から朱色を帯びた玉が出てくる。それはまさしく神技であり、中にはひれ伏す者も現れた。

――玉を新しき王に授ける。精進せよ。

天令は玉を亘筧に手渡した。体内に収めようとはしなかった。

光は空に吸い込まれるように消えていった。

「迎玉はなされ、亘筧は王になった。我は天令の命により、これより諸国を旅し見聞を広めることとする。新しくなった国は新しい王が務めを果たすべきであるとの考えだ。国は王だけでは成り立たぬ。英雄は一人ではなくこの国に生まれたすべての者だ。皆の協力をもって幼き王を支えてもらいたい」

地が轟《とどろ》き、空が震えるほどの歓声が上がった。民衆は王を迎えての徐の再興を受け入れることを力強く表明したのだ。先ほどまで戦っていた民と兵の和解でもあった。

「では徐王亘筧より発令していただく」

飛牙は一歩退き、亘筧を前に出した。

「私は王として民を守るため最善を尽くすと誓う。この件に関して誰も処罰はしない。まずは負傷者の手当てと死者の弔いをせよ。もはや王都に我らの敵はおらぬ」

可愛らしくも勇ましい声で出された命令に、皆おおと声を上げた。

空は夕暮れに染まっていた。長かった一日が終わろうとしている。

あとの始末を楊将軍に任せ、飛牙たちは城壁を降りた。

階段を降りきると、亘覧は崩れ落ちるようにその場にしゃがみ込んだ。

「しっかりしろよ、陛下」

そう言いながら飛牙も膝をつく。

「まあ、確かに疲れたな」

「……私などが王になっていいのでしょうか。まだ自信がありません」

「急すぎたからな。それに自信は、誰だってねえよ。だんだんそれらしくなっていくもんだろ」

「この玉をどうすれば……」

亘覧は両手で玉を大切に抱《かか》えていた。

「〈王〉の中に入るからこそ〈玉〉。まあ、俺はそう教えられていた。だが、知るかそんなこと。今、俺なら叩き割って十等分する。王都と九つの郡にそれぞれ分けて使わせる。こいつはけっこう使える魔除けなんだよ。王宮にしまっておいても城を守るくらいしか役に立たない。そんなことしてたから地方が狙《ねら》われて荒れてたんだ。まあ、効果は十分の一になるのかもしれんが、それでもいい。都の人間だろうが、辺境の民だろうが同じように守らなきゃならないだろ。と俺は思うが、どうするかは自分で決めろ」

国の宝玉を叩き割ると言う飛牙に王后と裏雲は唖然《あぜん》としていたが、口は挟まなかった。

「……私も叩き割ります」

幼王はこっくりと肯いた。

「よし。じゃあ、あとは周りを固める人材だ。都の西に聞老師と呼ばれる老人がいる。兵法にも明るく、隠居させておくにはもったいない男だからすぐに登用しろ。それにあの楊栄って将軍は使えるな。九郡から兵が来るだろう。戦わず済ませる知恵を貰《もら》え」

「はい」

「なあ、どんなに頑張っても結局不満は出る。万人を満足させることはできない。王様ってのはわりに合わない仕事だろうよ。腐らず開き直って、周りに助けてもらいながらやっていきな」

「はい、あの裏雲は……裏雲に手伝ってほしいんです」

飛牙は立ち上がると、裏雲に場所を譲った。

「殿下……ではなくもう陛下ですね。残念ですが、これにて私は後宮を辞めさせていただきます」

亘筧の丸い目が潤んで揺れた。

「ごめん、裏雲は私じゃなくて寿白兄様に王位についてほしかったんだよね。そのために後宮に入ったんだって聞いた」

「そのとおり。嵩徳王を殺したのも私です」

亘筧は瞠目して裏雲を見上げた。

「寿白様は死んだと思っておりましたので、せめて仇《かたき》を討ちたいと思ってのこと」

「私も寿白兄様のほうが王にふさわしいと思っています」

健気《けなげ》なことを言う王に、裏雲は首を横に振った。

「とんでもない。今のこいつは口ばかりのはったり男ですよ。王位を陛下に譲られたのも単に面倒だからです——そうだろう、元陛下」

裏雲の的確な言い様に、飛牙は笑った。

「まあな」

そこは正直に認めておく。

「というわけです。陛下が王です」

「なら、どうして辞めるの」

「私は忌み人です。王宮にいてもろくなことにならない。それに……宦官は疲れました。羽を伸ばさないと」

もちろん亘覧には、裏雲が何を言わんとしているのかは理解できなかった。ただ、止めても無駄だということだけはわかったようだ。

「王后陛下——いえ、こちらも王母陛下とお呼びしたほうがよろしいですね。どうかお健やかに」

「……裏雲、あなたが愚痴を聞いてくれたから救われたわ」

彩鈴は以前からある程度察していたのかもしれない。

「私もです」

母子に別れを告げ、裏雲は飛牙の腕を取った。

「さて、元陛下。少し旧交を温めませんか」

言葉とは裏腹にかなり剣呑《けんのん》な表情をしていた。


——私は外す。

天令として一仕事した那兪は蝶の姿で人間たちを観察していたが、〈寿白〉と〈悧諒〉の語らいに加わるつもりはなかったようだ。ひらひらと飛んでいき、樹木の中に消えていった。

「悪かったな……」

「それで済むとお思いか」

冷たく言い、裏雲はすっかり暮れた空を見上げた。

「俺が王にならなければ、おまえの舐《な》めた辛酸に報いることができないのは、わかっている」

「私は師と仰いだ恩人を殺してまで翼や力を手に入れた。あなたのためならどんな悪事も厭《いと》わなかった」

翼は見えなかったが、羽がこすれるような音がした。

「だから俺が王になったら身を引くつもりでいたんだろ」

「……ふさわしくないことくらいは自覚している」

飛牙は顔をそむける裏雲の前に立った。

「俺もふさわしくないんだよ。十年は長いよな。人を変えるには充分すぎる歳月だ。綺麗《きれい》な未来を夢見ていた子供もすっかり汚れちまった」

「そうだろうな」

寿白と悧諒は泥の中を這《は》いずり回《まわ》って生き残り、飛牙と裏雲になったのだ。そんなことは裏雲にもわかっていたはずだった。

「間男で捕まるのだから、ひどいものだ。櫂郡《かいぐん》の太府の事件か」

「……まあそうだ」

あのとき飛牙を捕まえた隊長は蘭曜の戯《ざ》れ言《ごと》までしっかりと伝えていたらしい。未遂だと言いたいところだが、同じことだろう。

「すべては殿下のため——子供にとってはさぞや重かっただろう」

「だから異境まで逃げていったよ。でも、どこに逃げても自分で自分が許せなきゃ救われないよな」

裏雲から離れ、小石を蹴《け》った。

「城壁に上り、夜空を眺めた」

「あったな、覚えてる。あの日のままではいられなかったけど」

「いや……いられなかったのは結局私だけなのだろうな。庚を潰《つぶ》し、嵩徳王を地獄に突き落とすためなら民などいくらでも殺せた。徐を滅ぼしたのも民に変わりない。私の怨嗟《えんさ》は国中に及んでいた。だからこそ躊躇《ためら》うこともなく飢骨を呼び込んだ。だが、味方でない民は殺してもいいという発想は嵩徳王と同じだ。それに比べ、殿下はあの飢骨に挑んだ」

「死にたかっただけだ。おまえに許されて……」

裏雲は懐刀を抜いて、飛牙の首元に突きつけた。

「ならば、今ここで死ぬがいい」

　表情一つ変えず、飛牙は肯いた。裏雲の願いは徐の再興というより、城を取り戻し、寿白を玉座につけることだっただろう。それができたのにしなかったという事実は、裏切りに他ならない。

「殺されてもいい」

「ああ、殺すとも」

　懐刀を一旦《いったん》引くと、裏雲は思い切り投げた。

　息を呑み振り返った飛牙が見たものは、刀を持った丞相呉豊《ごほう》の喉《のど》に懐刀が突き刺さった光景だった。

　くぐもった叫びを上げ、丞相は倒れた。裏雲はつかつかと近づく。

「城の宝物を盗んで逃げようとしたものの、兵と民衆に逃げ道を塞《ふさ》がれて隠れていたのだろうな」

　かっと目を見開いたままの亡骸から重そうな巾着《きんちゃく》袋を取り出し、裏雲はじゃらりと音をたてた。

「死者に金は必要なかろう。ありがたく貰っておく」

　裏雲は自分の懐に納めた。

「こいつは俺を殺そうとしたのか」

察するに、刀をかまえ背後から斬りかかろうとしていたのだろう。

「この男からすれば、殿下が憎たらしかっただろうよ。遅れてのこのこやってきて、なにもかもひっくり返されたんだから。その気持ちは私も大いに理解出来る」

怒りを抑えたような白い目で見られ、さすがの飛牙も恐縮する。

「謝って済むことじゃねえのはわかってる」

「そのとおりだ」

裏雲は小さく口笛を鳴らした。

「月帰《げっき》、宇春《うしゅん》。行くぞ」

植え込みから子猫と蛇が現れた。

「みゃんか……」

「この子は殿下を気に入っていたようだ。騙《だま》すのは心苦しかったんじゃないかな」

裏雲はしゃがんで猫を懐に入れた。蛇は勝手に腕に巻き付いていく。

「だいぶ暗くなったようだ。これなら翼も闇《やみ》に紛れるだろう」

裏雲の背中から黒い翼が広がる。

「なあ、一緒にいられねえのか。ずっと一緒にいるって約束したじゃねえか」

泣きそうになって子供の頃のように裏雲にすがりつく。裏雲の手が飛牙の頬《ほお》を軽くはたいた。

「また私を籠絡《ろうらく》しにかかる気だな。怖い怖い」

うっすら笑みを浮かべ、裏雲は宙に浮いた。

「――悧諒っ」

暗い空に消えていく大きな翼を見送り、飛牙は掌で目をこすった。

終章

前徐《ぜんじょ》末期から庚《こう》の十年、そして再び徐の治世に戻った一連の出来事は、後の世に徐《じょ》庚《こう》の変、と呼ばれることになる。

が、今はまだ城壁での譲位から数日しかたっていなかった。

天下《てんげ》三百十三年三の月。桃の花が国を彩る季節である。

飛牙《ひが》と那兪《なゆ》は北西へと向かっている。目指すは女王国〈燕《えん》〉。未《いま》だ各地の太府《たいふ》と話し合いが持たれておらず、寿白《じゅはく》が徐に残ればかえって面倒なことになりかねない。

「天令《てんれい》をなんだと思っておる。見世物ではないのだぞ」

十三、四にしか見えない少年が不機嫌に呟《つぶや》く。あれから一日一度はこれを言う。

「仕方ねえだろ。あのぐらいやって納得させないと戦《いくさ》になっちまう」

使えるものは天の威光だろうが天令様だろうが、なんでも使う。天が不干渉を貫くのは勝手だが、天を利用するのもこちらの勝手だ。

「しかも玉《ぎょく》を割ってしまえなどと」

「あんなもん体の中に持ってたら、俺一人で頑張らなきゃならなくなるじゃねえか。冗談じゃない。それによ、せっかく貰《もら》ったものなんだからケチらず役立てねえとな。別に亘覧《こうけん》にやれって命じたわけじゃねえ」

よく晴れた空は天が納得してくれているようにも見えるのだが、天令の小姑《こじゅうと》のような小言はまだまだ続く。

「命じたも同じだ。あの流れで子供が嫌と言うわけがない」

「人聞きの悪い。俺はちゃんと話して聞かせたぞ。なあ、割ったら効果がまったくなくなるわけじゃないんだろ」

「知るものか。畏《おそ》れ多くも宝玉を割った馬鹿《ばか》など見たことがない」

追放されたというのに、那兪は今でも天が軽んじられることを嫌う。

「捨てられたってのにおまえも義理堅いな」

「黙れ」

事が済んでもなんとなく一緒に旅をしているが、那兪がどうしたいのか今ひとつわかっていない。

「これからおまえはどうするつもりなんだ」

「……堕《お》ちた天令はいずれ人に仇《あだ》なす怪物になるという。そうならないためにも私は気をしっかり持っていなければならない。天は人の世に秩序と安寧、そして自立をお望みだ。私は旅をしながらそうなるよう励む」

「そうか。なら一緒で大丈夫だな」

飛牙には子供の頃からの疑問があった。

「あのさ、天ってのは神様なんだろ」

「天は〈意識〉だ。おそらくそれを神というのだろうが。天令までも含めた組織の意味合いもあるかもしれない」

「なんだよ、それ」

「馬鹿はわからんでもいい」

算術か何かのようにきっぱりと答えの出るものでもないらしい。

「あの、で……悧諒《りりょう》っていうか裏雲《りうん》のことなんだけどよ」

「黒翼仙《こくよくせん》を救う方法など知らぬっ」

ぴしゃりと言われてしまった。

今、飛牙がもっとも気にかけているのが裏雲の行く末だった。黒翼仙になった者は、いずれ天の怒りに触れて死ぬとも聞いた。裏雲が何年前から黒翼仙なのかは知らないが、長くはないということになる。

「そこをなんとか」

「白翼仙《はくよくせん》は人でありながら天の一部と認められた存在なのだぞ。それを殺したのだ。

どれほどの大罪かわかっているのか。なにより非道にも都に飢骨《きこつ》を呼び寄せたのだ。それほど心が翼に蝕《むしば》まれているということだ」

「翼に蝕まれる……そういうものなのか」

「当たり前だ。そのうえあの男は私に怪我《けが》をさせ、こともあろうに虫籠《むしかご》に閉じ込めた。万死に値する」

虫籠はもちろん、猫にはたかれたというのも屈辱だったらしく、怒りは未だおさまらないようだ。

「そう言わず、羽付き同士大目に見てやってくれよ」

「一緒にするなっ」

那兪に一喝された。

「だいたい、そなたに免じて私個人として罰を与えるのは我慢してやったのだ。感謝してもらいたいくらいだぞ」

天令様は恩に着せることも忘れない。

「いや、まあ、おまえにはいろいろ感謝してるって」

「そなたはいつも口だけだ」

すっかり臍《へそ》を曲げた那兪だが、ややあってこう付け加える。

「……あの男もやっと〈寿白殿下のために〉という自縄自縛から解放されたのだ。放っておけ。縁があればまた会える」

那兪の言葉が胸に染みた。

「良《い》いこと言うじゃねえか。俺もあいつも〈寿白〉から解放されないとな。でも、俺は絶対諦《あきら》めない。黒翼仙を助ける方法がないか旅しながら探すとするわ」

「それで女王国に行くのか」

他国に入るには生国から発行された手形が必要になる。もちろん、それは官吏から貰ってきていた。

「女王もお姫様たちも美人揃《ぞろ》いだって話だぞ。ならやっぱりそこだろ」

「そなたらしい」

那兪は呆《あき》れて言った。

街道は長く北西へと続いている。地平線の向こう、まだ見ぬ国を目指して男と少年は歩を進めた。

長いこと死に方ばかり考えていた。今は明日という日を少し楽しみに思える。

重荷のない体は、ずいぶんと軽かった。

●この作品は、二〇一七年四月に、講談社X文庫ホワイトハートとして刊行されたものです。

|著者| 中村ふみ　秋田県生まれ。『裏閻魔』で第１回ゴールデン・エレファント賞大賞を受賞し、デビュー。他の著作に『陰陽師と無慈悲なあやかし』、『なぞとき紙芝居』、「夜見師」シリーズ、「天下四国《てんげしこく》」シリーズなど。現在も秋田県在住。

天空《てんくう》の翼《つばさ》　地上《ちじょう》の星《ほし》
中村《なかむら》ふみ

2020年４月15日第１刷発行
2020年12月23日第４刷発行

発行者──渡瀬昌彦
発行所──株式会社　講談社
東京都文京区音羽2-12-21　〒112-8001
電話　出版（03）5395-3510
　　　販売（03）5395-5817
　　　業務（03）5395-3615

講談社文庫
定価はカバーに
表示してあります

デザイン──菊地信義
本文データ制作──講談社デジタル製作
印刷────豊国印刷株式会社
製本────株式会社国宝社

Printed in Japan

ISBN978-4-06-518919-1

講談社文庫刊行の辞

二十一世紀の到来を目睫に望みながら、われわれはいま、人類史上かつて例を見ない巨大な転換期をむかえようとしている。

世界も、日本も、激動の予兆に対する期待とおののきを内に蔵して、未知の時代に歩み入ろうとしている。このときにあたり、創業の人野間清治の「ナショナル・エデュケイター」への志を現代に甦らせようと意図して、われわれはここに古今の文芸作品はいうまでもなく、ひろく人文・社会・自然の諸科学から東西の名著を網羅する、新しい綜合文庫の発刊を決意した。

激動の転換期はまた断絶の時代である。われわれは戦後二十五年間の出版文化のありかたへの深い反省をこめて、この断絶の時代にあえて人間的な持続を求めようとする。いたずらに浮薄な商業主義のあだ花を追い求めることなく、長期にわたって良書に生命をあたえようとつとめるところにしか、今後の出版文化の真の繁栄はあり得ないと信じるからである。

同時にわれわれはこの綜合文庫の刊行を通じて、人文・社会・自然の諸科学が、結局人間の学にほかならないことを立証しようと願っている。かつて知識とは、「汝自身を知る」ことにつきていた。現代社会の瑣末な情報の氾濫のなかから、力強い知識の源泉を掘り起し、技術文明のただなかに、生きた人間の姿を復活させること。それこそわれわれの切なる希求である。

われわれは権威に盲従せず、俗流に媚びることなく、渾然一体となって日本の「草の根」をかたちづくる若く新しい世代の人々に、心をこめてこの新しい綜合文庫をおくり届けたい。それは知識の泉であるとともに感受性のふるさとであり、もっとも有機的に組織され、社会に開かれた万人のための大学をめざしている。大方の支援と協力を衷心より切望してやまない。

一九七一年七月

野間省一

長島有里枝　背中の記憶
長浦　京　赤《セキ》刃《ジン》
長浦　京　リボルバー・リリー
中澤日菜子　お父さんと伊藤さん
中澤日菜子　おまめごとの島
長辻象平　半百《はんぴゃく》の白刃　虎徹と鬼姫　(上)(下)
中脇初枝　世界の果てのこどもたち
中脇初枝　神の島のこどもたち
中村ふみ　天空の翼　地上の星
中村ふみ　砂の城　風の姫
中村ふみ　月の都　海の果て
中村ふみ　雪の王　光の剣
中村ふみ　永遠《とわ》の旅人　天地の理《ことわり》
夏原エキジ　Ｃｏｃｏｏｎ〈修羅の目覚め〉
西村京太郎　七人の証人
西村京太郎　華麗なる誘拐
西村京太郎　寝台特急《メモリー・トレイン》「日本海」殺人事件
西村京太郎　十津川警部　帰郷・会津若松
西村京太郎　特急《アリバイ・トレイン》「あずさ」殺人事件
西村京太郎　十津川警部の怒り
西村京太郎　宗谷本線殺人事件
西村京太郎　奥能登に吹く殺意の風
西村京太郎　特急《スーサイド・トレイン》「北斗1号」殺人事件
西村京太郎　十津川警部　湖北の幻想
西村京太郎　九州特急「ソニックにちりん」殺人事件
西村京太郎　十津川警部　幻想の信州上田
西村京太郎　十津川警部　金沢・絢爛たる殺人
西村京太郎　東京・松島殺人ルート
西村京太郎　新装版　殺しの双曲線
西村京太郎　愛の伝説・釧路湿原
西村京太郎　山形新幹線「つばさ」殺人事件
西村京太郎　新装版　名探偵に乾杯
西村京太郎　十津川警部　君は、あのSLを見たか
西村京太郎　南伊豆殺人事件
西村京太郎　十津川警部　青い国から来た殺人者
西村京太郎　十津川警部　箱根バイパスの罠
西村京太郎　新装版　天使の傷痕
西村京太郎　新装版　D機関情報
西村京太郎　十津川警部　猫と死体はタンゴ鉄道に乗って
西村京太郎　韓国新幹線を追え
西村京太郎　北リアス線の天使
西村京太郎　十津川警部　長野新幹線の奇妙な犯罪
西村京太郎　上野駅殺人事件
西村京太郎　京都駅殺人事件
西村京太郎　沖縄から愛をこめて
西村京太郎　十津川警部「幻覚」
西村京太郎　函館駅殺人事件
西村京太郎　内房線の猫たち〈異説里見八犬伝〉
西村京太郎　東京駅殺人事件
西村京太郎　長崎駅《ナガサキ・レディ》殺人事件
西村京太郎　十津川警部　愛と絶望の台湾新幹線
西村京太郎　西鹿児島駅殺人事件
西村京太郎　札幌駅殺人事件
仁木悦子　猫は知っていた
新田次郎　新装版　武田勝頼　(一)陽の巻　(二)水の巻　(三)空の巻
新田次郎　新装版　聖職の碑《いしぶみ》
新田次郎　新装版　風の遺産

新田次郎　新装版 鷲ヶ峰物語
日本文芸家協会編　愛染夢灯籠〈時代小説傑作選〉
日本推理作家協会編　犯人たちの部屋〈ミステリー傑作選〉
日本推理作家協会編　隠された鍵〈ミステリー傑作選〉
日本推理作家協会編　Play《プレイ》推理遊戯〈ミステリー傑作選〉
日本推理作家協会編　Doubt《ダウト》きりのない疑惑〈ミステリー傑作選〉
日本推理作家協会編　Bluff《ブラフ》騙し合いの夜〈ミステリー傑作選〉
日本推理作家協会編　Symphony《シンフォニー》漆黒の交響曲〈ミステリー傑作選〉
日本推理作家協会編　Esprit《エスプリ》機知と企みの競演〈ミステリー傑作選〉
日本推理作家協会編　Life《ライフ》人生、すなわち謎〈ミステリー傑作選〉
日本推理作家協会編　Love《ラブ》恋、すなわち罠〈ミステリー傑作選〉
日本推理作家協会編　Propose《プロポーズ》告白は突然に〈ミステリー傑作選〉
日本推理作家協会編　Acrobatic《アクロバティック》物語の曲芸師たち〈ミステリー傑作選〉
日本推理作家協会編　謎 0 1 0〈大沢在昌選 スペシャル・ブレンド・ミステリー〉
日本推理作家協会編　ベスト8ミステリーズ2015
日本推理作家協会編　ベスト6ミステリーズ2016
二階堂黎人　ラ ン 迷 宮〈二階堂蘭子探偵集〉
二階堂黎人　増加博士の事件簿
新美敬子　猫のハローワーク

西澤保彦　新装版 七回死んだ男
西澤保彦　人格転移の殺人
西澤保彦　麦酒《ばくしゅ》の家の冒険
西澤保彦　新装版 瞬間移動死体
西村　健　ビ ン ゴ
西村　健　地の底のヤマ(上)(下)
西村　健　光陰の刃《やいば》(上)(下)
楡　周平　青狼記(上)(下)
楡　周平　陪 審 法 廷
楡　周平　宿　命(上)(下)〈ワンス・アポン・ア・タイム・イン・東京〉
楡　周平　血　戦〈ワンス・アポン・ア・タイム・イン・東京2〉
楡　周平　修羅の宴(上)(下)
楡　周平　レイク・クローバー(上)(下)
西尾維新　クビキリサイクル〈青色サヴァンと戯言遣い〉
西尾維新　クビシメロマンチスト〈人間失格・零崎人識〉
西尾維新　クビツリハイスクール〈戯言遣いの弟子〉
西尾維新　サイコロジカル(上)〈兎吊木垓輔の戯言殺し〉(下)〈曳かれ者の小唄〉
西尾維新　ヒトクイマジカル〈殺戮奇術の匂宮兄妹〉
西尾維新　ネコソギラジカル(上)〈十三階段〉

西尾維新　ネコソギラジカル(中)〈赤き征裁 vs. 橙なる種〉
西尾維新　ネコソギラジカル(下)〈青色サヴァンと戯言遣い〉
西尾維新　ダブルダウン勘繰《かんぐ》郎《ろう》 トリプルプレイ助悪郎《スケアクロウ》
西尾維新　零崎双識の人間試験
西尾維新　零崎軋識《ぜろざきしきしき》の人間ノック
西尾維新　零崎曲識の人間人間
西尾維新　零崎人識の人間関係 匂宮出夢との関係
西尾維新　零崎人識の人間関係 無桐伊織との関係
西尾維新　零崎人識の人間関係 零崎双識との関係
西尾維新　零崎人識の人間関係 戯言遣いとの関係
西尾維新　xxxHOLiC アナザーホリック ランドルト環《かん》エアロゾル
西尾維新　難 民 探 偵
西尾維新　少女不十分
西尾維新　本　題〈西尾維新対談集〉
西尾維新　掟上今日子《おきてがみきょうこ》の備忘録
西尾維新　掟上今日子の推薦文
西尾維新　掟上今日子の挑戦状
西尾維新　掟上今日子の遺言書
西尾維新　掟上今日子の退職願

羽田圭介 「ワタクシハ」
羽田圭介 コンテクスト・オブ・ザ・デッド
花房観音 女 坂
花房観音 指 人 形
花房観音 恋 塚
畑野智美 海の見える街
畑野智美 南部芸能事務所
畑野智美 南部芸能事務所 season2 メリーランド
畑野智美 南部芸能事務所 season3 春の嵐
畑野智美 南部芸能事務所 season4 オーディション
畑野智美 南部芸能事務所 season5 コンビ
早見和真 東京ドーン
はあちゅう 半径5メートルの野望
はあちゅう 通りすがりのあなた
早坂 吝《やぶさか》 ○○○○○○○○殺人事件
早坂 吝 虹の歯ブラシ〈上木《かみき》らいち発散〉
早坂 吝 誰も僕を裁けない
早坂 吝 双《そう》蛇《じゃ》密室
浜口倫太郎 22年目の告白〈—私が殺人犯です—〉

浜口倫太郎 廃校先生
浜口倫太郎 シンマイ！
浜口倫太郎 AI崩壊
原田伊織 明治維新という過ち〈日本を滅ぼした吉田松陰と長州テロリスト〉
原田伊織 列強の侵略を防いだ幕臣たち〈続・明治維新という過ち〉
原田伊織 〈明治維新という過ち・完結編〉虚像の西郷隆盛 虚構の明治150年
原田伊織 三流の維新 一流の江戸〈明治は「徳川近代」の模倣に過ぎない〉
萩原はるな 50回目のファーストキス
葉真中《はまなか》 顕《あき》 ブラック・ドッグ
平岩弓枝 花嫁の日
平岩弓枝 花 祭
平岩弓枝 青の伝説
平岩弓枝 はやぶさ新八御用旅(一)〈東海道五十三次〉
平岩弓枝 はやぶさ新八御用旅(二)〈中仙道六十九次〉
平岩弓枝 はやぶさ新八御用旅(三)〈日光例幣使道の殺人〉
平岩弓枝 はやぶさ新八御用旅(四)〈北前船の事件〉
平岩弓枝 はやぶさ新八御用旅(五)〈諏訪の妖狐〉
平岩弓枝 はやぶさ新八御用旅(六)〈紅花染め秘帳〉
平岩弓枝 新装版 はやぶさ新八御用帳(一)〈大奥の恋人〉

平岩弓枝 新装版 はやぶさ新八御用帳(二)〈江戸の海賊〉
平岩弓枝 新装版 はやぶさ新八御用帳(三)〈又右衛門の女房〉
平岩弓枝 新装版 はやぶさ新八御用帳(四)〈鬼勘の娘〉
平岩弓枝 新装版 はやぶさ新八御用帳(五)〈御守殿おたき〉
平岩弓枝 新装版 はやぶさ新八御用帳(六)〈春月の雛〉
平岩弓枝 新装版 はやぶさ新八御用帳(七)〈寒椿の寺〉
平岩弓枝 新装版 はやぶさ新八御用帳(八)〈春怨 根津権現〉
平岩弓枝 新装版 はやぶさ新八御用帳(九)〈王子稲荷の女〉
平岩弓枝 新装版 はやぶさ新八御用帳(十)〈幽霊屋敷の女〉
平岩弓枝 なかなかいい生き方
東野圭吾 放 課 後
東野圭吾 卒 業
東野圭吾 学生街の殺人
東野圭吾 魔 球
東野圭吾 十字屋敷のピエロ
東野圭吾 眠りの森
東野圭吾 宿 命
東野圭吾 変 身
東野圭吾 仮面山荘殺人事件

東野圭吾　天使の耳
東野圭吾　ある閉ざされた雪の山荘で
東野圭吾　同級生
東野圭吾　名探偵の呪縛
東野圭吾　むかし僕が死んだ家
東野圭吾　虹を操る少年
東野圭吾　パラレルワールド・ラブストーリー
東野圭吾　天空の蜂
東野圭吾　どちらかが彼女を殺した
東野圭吾　名探偵の掟
東野圭吾　悪意
東野圭吾　私が彼を殺した
東野圭吾　嘘をもうひとつだけ
東野圭吾　時生
東野圭吾　赤い指
東野圭吾　流星の絆
東野圭吾　新装版 浪花少年探偵団
東野圭吾　新装版 しのぶセンセにサヨナラ
東野圭吾　新参者

東野圭吾　麒麟の翼
東野圭吾　パラドックス13
東野圭吾　祈りの幕が下りる時
東野圭吾　危険なビーナス
東野圭吾作家生活25周年祭り実行委員会　東野圭吾公式ガイド〈読者1万人が選んだ東野作品人気ランキング発表〉
東野圭吾作家生活35周年実行委員会 編　東野圭吾公式ガイド〈作家生活35周年ver.〉
平野啓一郎　高瀬川
平野啓一郎　ドーン
平野啓一郎　空白を満たしなさい(上)(下)
百田尚樹　永遠の0《ゼロ》
百田尚樹　輝く夜
百田尚樹　風の中のマリア
百田尚樹　影法師
百田尚樹　ボックス！(上)(下)
百田尚樹　海賊とよばれた男(上)(下)
平田オリザ　十六歳のオリザの冒険をしるす本
平田オリザ　幕が上がる
東直子　さようなら窓
蛭田亜紗子　人肌ショコラリキュール

蛭田亜紗子　凜
樋口卓治　ボクの妻と結婚してください。
樋口卓治　続・ボクの妻と結婚してください。
樋口卓治　もう一度、お父さんと呼んでくれ。
樋口卓治　「ファミリーラブストーリー」
樋口卓治　喋る男
平山夢明　どたんばたん(土壇場譚)〈大江戸怪談〉
平山夢明　魂《たま》豆《どう》腐《ふ》〈大江戸怪談どたんばたん(土壇場譚)〉
東川篤哉　純喫茶「一服堂」の四季
東山彰良　流《りゅう》
樋口直哉　偏差値68の目玉焼き〈星ヶ丘高校料理部〉
平田研也　小さな恋のうた
日野草　ウエディング・マン
藤沢周平　新装版 春秋の檻〈獄医立花登手控え(一)〉
藤沢周平　新装版 風雪の檻〈獄医立花登手控え(二)〉
藤沢周平　新装版 愛憎の檻〈獄医立花登手控え(三)〉
藤沢周平　新装版 人間の檻〈獄医立花登手控え(四)〉
藤沢周平　新装版 闇の歯車
藤沢周平　新装版 市塵(上)(下)

2020年9月15日現在